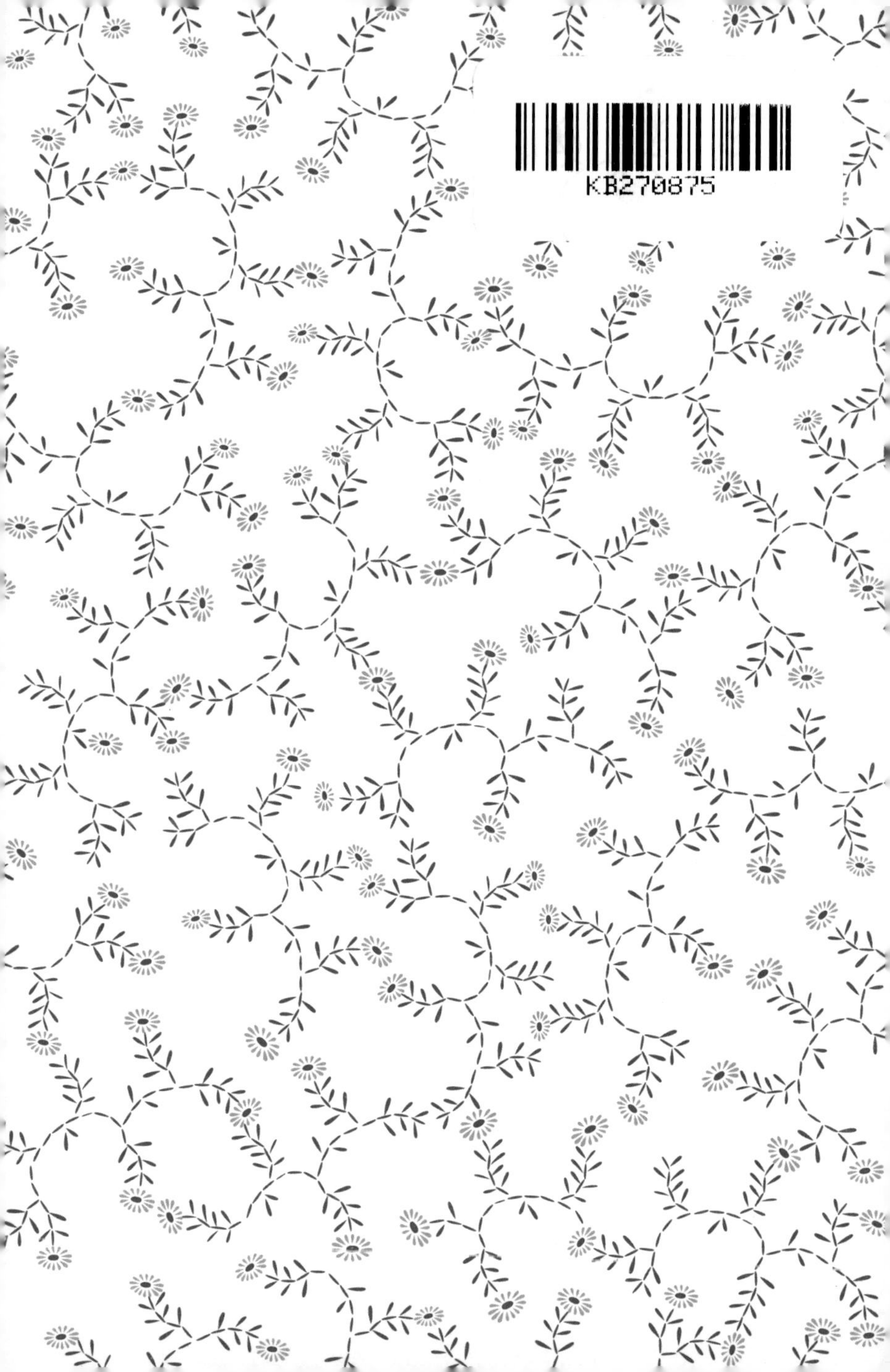

KB270875

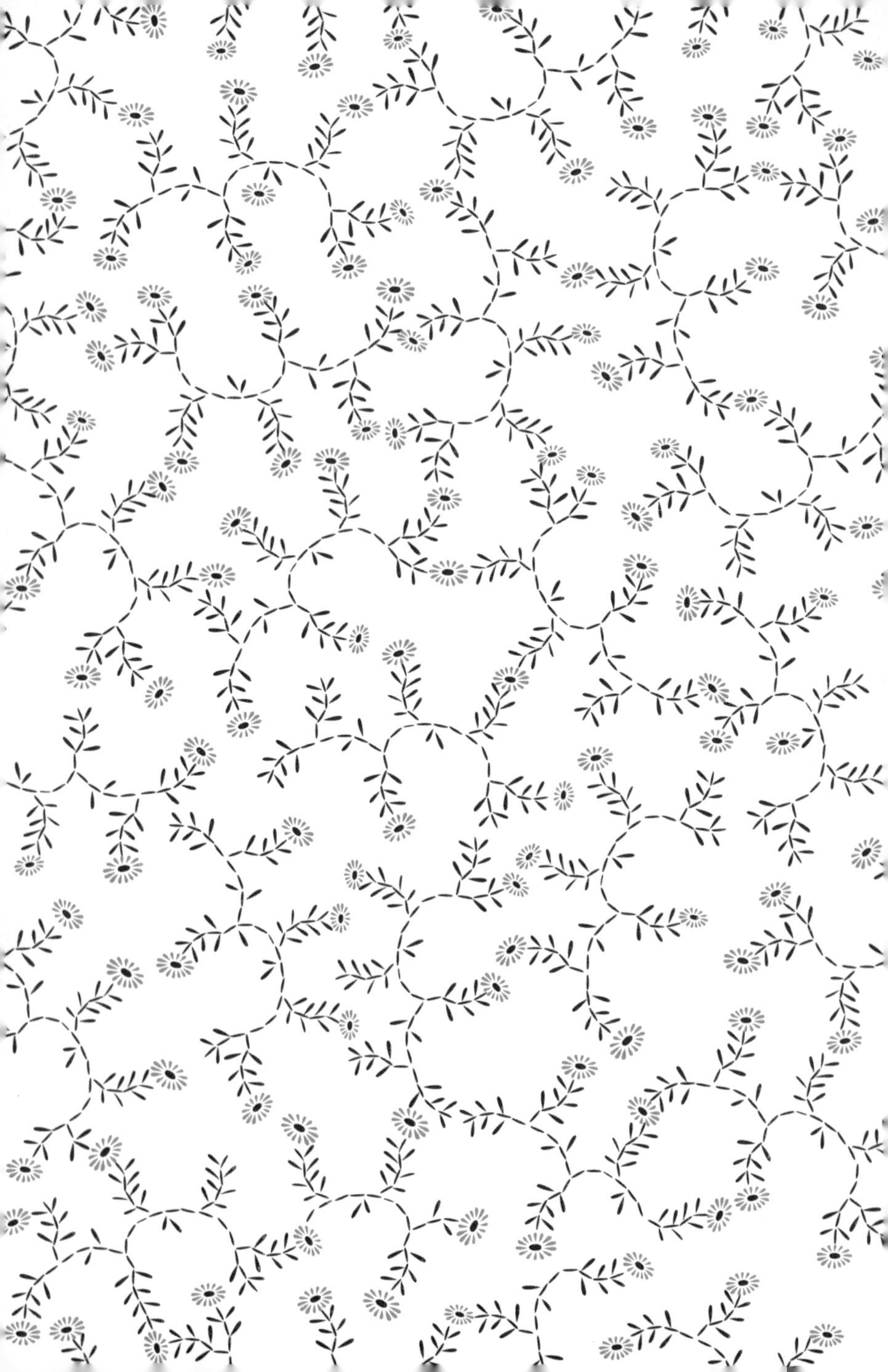

언제부터 사랑이었는지

연애를 꽤 많이 해본 친구 Y양은
남자와 문제가 생길 때마다 나를 찾아와
술을 마시며 고민을 털어놓곤 했다.
스물두 살 무렵부터 시작된 친구의 연애 상담은
꽤 긴 세월 동안 놀랍게도 거의 같은 문장으로 반복됐다.

"내 앞에서 그 남자가 이런 말을 했다니까.
 무슨 뜻일 거 같아?"
"그럼 내가 이런 문자를 보내도 될까? 하지 말까?"

연애 초반, 상대의 속을 모르겠다며
이럴 거 같아, 저럴 거 같아,
어떻게 하면 좋겠어?
안달하며 털어놓는 고민도
스물두 살 시절과, 십수 년의 세월이 지난 다음까지도
거의 똑같은 흐름이었고.

"그렇게 적극적이던 사람이 어떻게 이렇게 쉽게 변해?
 아무래도 내가 이상한가 봐~"

연애가 끝나갈 무렵, 술에 취해 자학하며 내뱉던 말도
마찬가지였다.

1999년의 어느 밤에도….
2016년의 어느 밤에도….
데자뷔인가? 어디선가 들었던 레퍼토리들이
긴 세월을 돌고 돌아 다시 친구의 입에서 메아리쳤다.
그럴 때마다 *끄덕끄덕* 들어주고 토닥여 줬지만,
속으로는 생각했다.

'넌 참 쉬지 않고 그렇게 열심히 연애하는데…
 참 늘지도 않는구나, 친구야.'

그건 어쩌면 내 모습이기도 했다.
긴 세월 라디오 연애 코너를 진행하며 받았던 사연들을 봐도
다들 다를 것 없어 보인다.
세상에 웬만한 일은 공부하고 경험하는 만큼
내공이 쌓이고 스킬이 늘기 마련인데
연애는, 사랑은… 해도 해도 늘지 않는
거의 유일한 것이 아닐는지.

"내가 진짜 연애를 못 하는 여자인가 봐.
 남자를 지치게 하나 봐. 흐흑."

자신을 못난 여자로 결론 내려는 친구에게
그래도 진심을 다해 조언해 주곤 했다.

'나쁜 사랑의 습관 같은 건 없어.
 더 많이 표현한 사람은,
 헤어지고 난 다음, 그러지 말 걸 그랬다고 후회하고,
 소극적이었던 사람은,
 자존심 버리고 한 발 더 다가갈 걸 그랬다고 후회하더라.
 추억이 반, 후회가 반… 연애는 다 그런 거 같더라.'

돌아보면 정말 다 그런 거 같았다.
첫사랑,
두 번째 이별,
세 번째 시작과 헤어짐을 겪으면서…
연애가 늘기는커녕,
뒤늦은 사과와 후회, 하소연과 넋두리들이
가슴 한 켠에 쌓여갔다.

이 책은 사랑하고 이별하고, 또 사랑을 꿈꾸는 동안
미처 전하지 못한 무수한 말들에 대한 기록이다.

'난 연애를 못 하는 사람일까…'
한숨 쉬며 아픔을 삼켜본 사람이라면

이 책 어딘가에,
'맞아 나도 이랬는데…'
고개를 끄덕이며 공감하고 위로받을 수 있는 이야기들을
쉽게 발견하게 될지도 모르겠다.

첫사랑의 터널을 지나
두 번째 사랑에 빠져 보고 싶다면,
두 번째 사랑의 강을 건너
세 번째의 시작이 기다려지고,
나도 모르게 또다시
설렘에 물들어 가기 시작했다면,
당신이 지금 하고 싶은 이야기들이 시작된다.

"언제부터인가 사랑이었는지…."

설레다.
언제부터 사랑이었는지

일곱 살 먹은 조카가 하나 있어요.
피부는 하얗고 입술은 빨갛고.
사내 녀석이 참 예쁘장하게도 생겼습니다.
유치원 여자애들한테 인기가 최고래요.
큰일입니다. 이러다 바람둥이로 자라면 어떡해요?

혼자 놀다 심심했는지 어디론가 전화를 거네요.

"유미야, 뭐해? 지금 만날까? 응, 그럼 거기서 만나."

여자 친구래요.
어른들이 하는 것처럼 전화해서 약속을 잡더니,
거울도 한두 번 쓱 봐주고 집을 나섭니다.
걔가 왜 좋아? 물었더니 '포동포동해서 좋아.' 그럽니다.
어떻게 사귀게 됐어? 물었더니, '걔가 와서 뽀뽀했어.' 합니다.
여자애가 먼저 대시했나 봅니다.

궁금해서 몰래 뒤쫓아 가봤어요.
웬 여자애가 쪼르르 달려오더니 조카 녀석 볼에 대뜸 뽀뽀하지 않겠어요?
이 녀석도 씩 웃더니 여자애 볼에 똑같이 뽀뽀해주네요.
둘이 손잡고 유치원 앞 놀이터에서 모래 장난을 합니다.

여자애가 주머니에서 초콜릿을 하나 꺼내더니
조카 입에 쏙 넣어주네요.
여자애는 모래 장난을 하면서도 몇 번이나 조카 볼에 뽀뽀했어요.
귀엽기도 하고 어처구니없기도 하고….
한참을 보면서 웃었습니다.
애나 어른이나 똑같은 거겠죠?
누구를 좋아하는 마음,
아껴 먹던 초콜릿 하나 쓱 쥐여주고 싶고
자꾸만 뽀뽀해 주고 싶은 그런 마음이요.

요즘 좋아하는 사람이 생겼어요.
매일 혼자 상상하며 별생각을 다 하는데,
한 번도 표현해본 적 없어요. 용기가 나질 않네요.
오늘따라 일곱 살 꼬마들의 연애가 너무 부럽네요.
한번쯤 조카 옆에서 웃고 있는 저 작은 여자애처럼
단순하고 용감해졌으면 좋겠어요.
그 사람에게 달려가서 볼에 쪽 기습 키스를 한 다음,
그냥 고백할까요?

'좋아해요. 나랑 연애 할래요…?'

학교 선배를 오랫동안 짝사랑했습니다.
아주 오랫동안 아프게요.
선배가 내게 말 거는 게 참 좋았습니다.

"수업 끝났니? 잘 가라.
 요즘 얼굴이 좋아 보이네. 예뻐졌다."

이런 말이라도 들으면 그날 밤 잠은 다 잔 거였죠.
별거 아닌 선배의 말 한마디에서 희망을 발견해보려고
참 많은 밤, 잠을 설쳤습니다.
하지만 그런 제 마음을 아는지 모르는지
선배는 늘 다른 여자와 연애했고
몇 년이 훌쩍 지난 지금은 한 아이의 아빠가 돼 있습니다.

며칠 전, 한참 TV 드라마에 빠져있는데,
선배로부터 전화가 걸려왔습니다.
선배의 목소리엔 술 냄새가 가득했습니다.
선배에게 이렇게 말했습니다.

"선배, 지금 중요한 장면이거든요?
 20분 후에 전화해 주시겠어요?"

PART 1

드라마를 다 보고 나서야 깨달았습니다.
아! 내가 좋아했던 선배였지.
선배는 20분 후에 전화하지 않았습니다.
내가 왜 그랬을까 후회하진 않습니다.
그저, 한때는 열렬하게 짝사랑했던 그 선배가
드라마보다 내 마음을 끌지 못한다는 것이
허망하게 느껴질 뿐입니다.
다음에 선배 만나면 장난스럽게 물어봐야지.

'내가 선배 무척 좋아했던 것 알아요?
혹시 선배도 나한테 맘 있었던 건 아냐?
그럼 진작 말을 하지.'

오늘이 그 남자를 다섯 번째 만나는 날입니다.
첫날은 원피스를 입었고 그다음엔 흰바지,
또 스커트에 핑크색 블라우스를 입었으니까
오늘은 그냥 수수하게 청바지를 골랐어요.
엉덩이가 제일 예뻐 보이는 거로 입었어요.
내가 이러는 거 그 남자는 모르겠죠?

오랜만에 무척 끌리는 남자를 만났어요.
그 남자도 내가 좋은 것 같아요.
워낙 말도 별로 없어서 얼마나 좋아하는지 속을 잘 모르겠네요.

최근엔 연애하는 게 참 자신 없어졌어요.
이상하게 남자 쪽에서 먼저 좋다고 따라다녀서 사귀기 시작했는데,
깨질 땐 내가 차이는 쪽이었거든요.

'내 성격이 문제가 있는 걸까?'

마음이 열리기 시작하면 머리 쓰는 것 잘 못 하거든요.
그 남자가 좋아하는 영화 먼저 보고, 그 남자가 편한 시간에 맞춰 주고,
그 남자가 좋아하는 음식이 나도 좋아지고 그러거든요.
그런 것들이 싫증 나게 했을까요?

PART 1

속상해서
몰래 ‘연애방법’ 책을
뒤적거린 적도 있어요.

—

‘전화하고 싶어도 꾹 참아라.
전화가 걸려 와도 한두 번은 바쁜 척 받지 마라.
친구랑 선약이 있다고 당당하게 얘기해라.’

—

그렇구나!
내가 이런 걸 못 해서 남자들이 결국 떠나가는 거구나.

반성도 해보고 다짐도 했지만, 저 지금 또 이러고 있잖아요.
전화 못 받을까 봐 화장실에도 전화기 들고 들어가고,
우리 집까지 데리러 오는 길 너무 먼데,
그냥 내가 나간다고 할 걸 걱정하고 있어요.
이번에는 정말 잘해보고 싶은데 자꾸 겁이 나려고 해요.
오늘 그 남자 만나면 그냥 솔직하게 얘기하고 싶어요.

'여우가 아니라 곰이라도 계속 만나보실래요?'

저 지금 인터넷 검색 중입니다.
할 일도 많은데 왜 이러고 있는지 모르겠어요.

"와! 비 한번 시원하게 온다.
 이럴 땐 '릭 데린저' 노래를 들어야 하는데."

아까 그 사람이 창문 열고 비 오는 것 보면서 그랬어요.
나한테 한 얘기도 아니었는데,
나도 모르게 그 사람이 좋다고 한 노래를 찾아보고 있어요.
찾았어요.
정말 엄.청. 좋네요.

벌써 세 번째…
릭 데린저의 '잇츠 레이닝'을 반복해서 듣고 있습니다.
무서워요. 그 사람이 좋아하는 것들을 나도 좋아하게 될까 봐.
사무실에는 그 사람 말고도 많은 사람이 있는데,
그 사람의 구두 소리만 유난히 크게 들리게 될까 봐.
웃을 때 눈가에 주름이 몇 개 잡히는지 세어 보게 될까 봐 무서워요.

"민영 씨, 아이스라테 샷 추가 맞지, 여기?"

내 취향을 정확히 알고 있었어요.
혹시 그 사람도 나한테 관심이 있는 걸까요?

"민영 씨, 앞머리 잘랐구나. 어려 보인다."

다들 눈치채지 못했는데 그 사람만 알아봤어요.
사람 맘 뒤숭숭하게 왜 그런 말을 했을까요?
이것도 무서워요.
그 사람이 무심코 뱉은 말들 자꾸 곱씹어 보게 될까 봐.
그 사람이 미쳐 내게 오기 전에 내가 먼저 달려가게 될까 봐.
이렇게 또 사랑에 빠지게 될까 봐 무서워요.

비 오는 어느 날 조용히 이 노래를 켜두려고요.
그가 물어볼 거예요. 그 노래를 아느냐고.
그럼 아무렇지 않게 이렇게 대답하려고요.

'네. 제가 좋아하는 노래인데, 대리님도 아세요?'

내 방 컴퓨터 배경 화면엔 그 사람 사진이 깔려 있습니다.
그 사람은 꿈에도 모르겠죠.
나를 정면으로 응시하는 듯한 그의 시선.
보기만 해도 긴장되거든요.
그 얼굴 보면, 아무렇게나 누워서 게으름 못 피우겠거든요.
요즘 나를 긴장하게 하는 유일한 남자.
이 사람이 날 보고 있다는 생각만으로도 뭐든지 열심히 하게 되거든요.

우연히 그 사람 차를 얻어 타던 날, 그날부터였어요.
차가 급정거하는데, 팔을 뻗어 내 앞을 막아줬습니다.
그 순간 이상한 기분이 들었어요.
꼭 다문 입술 이마로 흘러내리는 검은 곱슬머리.
그 사람 옆모습이 너무 멋져 보이더라고요.
늘 보던 사람이었는데, 그날 이후 그 사람만 보면
심장이 반 박자씩 빨리 뛰기 시작했습니다.

귀찮아서 이틀에 한 번쯤 머리를 감던 내가 매일 머리를 감게 됐어요.
그 사람한테 늘 찰랑거리는 머리를 보여주고 싶었거든요.

그 사람이 있는 앞에선 안 그런 척하지만,
늘 속으로 열심히 고르고 고른 단어를 사용해 그 사람과 대화합니다.
고르고 고른 옷을 입고 그 사람 앞을 지나칩니다.
그를 다시 발견하기 전보다 일도 열심히 해요.

"주연 씨 아이디어 너무 좋다. 신선하다."

그 사람 칭찬 한마디가 날 그렇게 만들어요.
자꾸 그가 보고 있다는 생각에
난 점점 더 아름다운 여자, 착한 여자, 능력 있는 여자가 되어 갑니다.
자꾸만 날 긴장하게 하는 그 사람을 의식하는 게
아직은 나름 재밌습니다.
컴퓨터 화면에서 그 사람이 계속 날 보네요.
요즘 매일 밤 이 얼굴을 보면서 내일의 한 장면을 연습해요.
다음 주부터 휴가라면서 같이 갈 애인도 없다고 투덜대던데,
슬쩍 말 걸어 보려고요.

'내가 솔로들끼리 가면 좋은 여행지 리스트 뽑아놨는데,
 같이 갈래요?'

우연히 엄마 일기장을 보다가 엄마도 여자라는 걸 느꼈다.
뭐 그런 가사처럼.
정말 우연히 엄마의 일기장을 보게 된 거예요.
그것도 지금으로부터 30년 전 엄마 아빠가 연애하시던 시절 일기였어요.
그 시절 연애편지까지 곱게 접어서 껴놓으셨는데,
저 정말 깜짝 놀랐어요.
두 분의 연애, 그렇게까지 정열적이었는지 상상도 못 했거든요.
30년 세월을 같이 사셔서 그런지 가끔은 서로를
소 닭 보듯 하시는 두 분에게 이런 뜨거운 시절이 있었다는 게
신기하고 감동적입니다.

"서울에 두고 온 친구에게는 모든 걸 털어놨소.

당신을 마음에 품게 됐다고

이번 휴가엔 그 말을 하려고 그 사람을 만난 거요.

오해 말아주오.

어떤 남자가 휴가받아 나왔다가 부대로 복귀하길

이렇게 손꼽아 기다릴까요.

난 당신을 보고 싶은 마음에 어서 부대로 돌아가고만 싶소.

서울에 기다리고 있는 여자가 있다는 거

처음부터 말하지 못해 미안하오.

돌아가서 만나면 모든 걸 다 얘기해 줄 테니

제발 마음 닫지 마오."

아빠의 편지는 어색한 문어체 글귀였어요.
아빠는 군대 가서 엄마를 만나셨대요.
엄마가 군부대 근처 마을에 사셨던 거죠.
아빠는 그때 사귀던 여자 친구까지 있으셨대요.
군화를 거꾸로 신으신 거죠.
엄마는 그 여자분을 만나서 울며불며 대판 싸우신 적도 있대요.
상상도 안 가요 정말.

색 바랜 편지지 옆에는 단풍잎도 하나 곱게 붙어있었습니다.
30년이 지난 지금까지 붉은빛이 채 가시지 않은 단풍잎….
그 속에… 두 분 사랑과 그리움이…
세월을 거슬러 담겨 있는 거 같았어요.

밤마다 서로를 그리워하면서 속 끓이고 애태웠을
그 시절의 두 분을 만나 얘기해드리고 싶어요.

'너무 속 끓이지 마세요.
30년 후에도 토닥거리면서 함께 사실 거예요.'

주말인데 참 할 일이 없네요.
나가 놀 건수도 없고 찾아주는 사람도 없고.
그럴 수도 있겠지만, 문득 쓸쓸해질 때가 있어요.
주말에는 다들 참 즐거워 보이던데,
난 왜 이러고 집에 있을까? 하는 그런 생각 들 때요.
그 사람한테 전화해 볼까?
갑자기 왜 그런 생각이 들었는지 모르겠습니다.

반가운 걸 감추지도 않네요. 바로 달려온대요.
주변이 왁자지껄한 것이 친구들과 있는 것 같았는데,
별로 재미없는 자리였나 봐요.
실은 어떤 자리에 있든 달려올 것 같았어요.
그 사람이 나 좋아한다는 거 진작부터 눈치채고 있었거든요.

"밥 먹었어? 맛있는 거 사줄까?"
"음. 거기 가보고 싶은데, 새로 생긴 스시 집."

언제 한번 먹어 봐야지 하고 생각했었는데,
비싸서 선뜻 못 왔던 곳에 왔어요.
내가 좋아하는 초밥을 잔뜩 먹었어요. 너무 맛있습니다.
그런데 왜 별로 즐겁지가 않죠…?

"영화 어때? 재밌는 영화 많이 개봉했던데."
"영화 보긴 좀 피곤한데… 그냥 좀 더 앉아 있다 가요."
"왜? 어디 아파? 약 사줄까?"

뭘 했다고 피곤하겠어요?
그냥 이 사람과 영화까지 보는 게 내키지 않을 뿐이에요.
좋은 차로 데리러 오고 식당에선 내가 앉기 전에 의자까지 빼주는 남자.
피곤하다고 둘러대는 말에 약 사다 준다고 내 안색을 살피는 남자.
그런 남자예요, 이 남자는.
그런데 왜 이 남자가 좋아지지 않는 걸까요?
내가 먼저 전화해서 만나자고 해서 참 기분 좋은 모양인데,
만나자마자 금방 후회할 거면서 난 왜 이 남자를 불러냈을까요?
사람이 사람한테 이러면 안 되는 건데, 나 왜 이렇게 못됐을까요?

그 사람도 아마 알 거예요.

내가 자기를 사랑하지 않는다는 것을.

잠깐 무언가를 기대했겠지만,

그냥 심심해서 전화했나 보구나 하고 느꼈을 거예요.

차라리 나도 이 사람을 사랑할 수 있다면

우리 둘 다 이 순간이 얼마나 행복할까요?

말도 안 되지만, 이 사람 붙잡고 떼라도 쓰고 싶습니다.

'그냥 내가 당신 좀 사랑하게 해주면 안 되나요?'

좋아하는 사람이 있습니다.
같은 회사에 근무하는 선배예요.
얼마 전 우리 부서로 오게 된 선배를 처음 본 순간부터였어요.
환한 미소를 지으면서 악수하자며 손을 건네는데,
눈이 아래로 축 처지는 게 맘에 쏙 들었어요.
게다가 내 손을 따뜻하게 감싸주는 두툼한 손.
그 감촉도 그렇게 좋을 수가 없는 거예요.
그 후로 벌써 몇 달째 그 사람을 지켜보고 있습니다.

"선배님 좋아해요. 연애하고 싶어요.
 지금 대답하지 마세요.
 예스라면 내일 아침에 저한테 커피 한 잔 먼저 타주세요.
 아니면 그냥 우리 전처럼 똑같이 지내요. 부담 갖지 마시고요."

복잡한 표정을 짓고 있는 그 사람을 남겨두고 먼저 일어나 나왔어요.
고백은 두고두고 망설인 시간에 비하면 그렇게 어려운 거 아니네요.
후련해요.
여자가 먼저 고백하는 거 남자들은 별로 좋아하지 않는다는 말은
나도 들어봤어요.
남자는 마음이 끌리면 어떤 방법으로든 먼저 다가온다잖아요.

그 사람 늘 친절하고 자상했지만,
결정적으로 내게 먼저 다가오진 않았어요.
내일 아침 그는 내게 커피를 건네지 않을지도 모릅니다.
그래도 저질러 보고 싶었어요.
그만 마음 접자 했다가도 알코올이 들어가면
장난치는 모습에 가슴이 덜컹 내려앉았어요.
진짜 신경 끊자 했다가도 툭툭 어깨를 두드려주는
따뜻한 감촉에 마음이 온통 흔들렸어요.
도저히 안 되겠다 싶어 혼자 끙끙 앓는 게 너무 힘들어서
어쩌면 후회하게 될지도 모를 일을 저질러 보기로 한 거지요.
거절당하면 가슴은 쓰리겠지만, 그래도 정리하는 데 도움은 되겠죠, 뭐.

아니에요, 실은 나 벌써 후회하고 있어요.
내가 왜 그랬을까요?
거절당하면 이제 그 사람 얼굴 어떻게 보죠?
아침 출근길이 너무 두렵습니다.
밤새 기도하면 그 사람 마음, 잡을 수 있을까요?

'제발 내일 아침 그 사람이 따뜻한 커피 한 잔 들고
내게로 오게 해주세요.'

내 특기는 짝사랑이에요.
교회 오빠, 체육 선생님, 동아리 선배, 그리고 그 사람…
모두가 짝사랑이었어요.

열다섯 살 땐 교회 수련회 가서 오빠한테 잘 보이려고
열심히 수화 연습을 했고,
고등학교 체육 시간에는 선생님 눈에 띄려고 리듬체조반에 들어갔어요.
그 덕에 지금도 곤봉 돌리기, 리본 돌리기 모두 할 줄 알아요.
대학 시절에는 연극에 미쳐 있던 선배 앞에서
뭐라도 좀 아는 척하려고 희곡을 참 많이 읽었어요.
에우제네 이오네스코, 사뮈엘 베케트, 베르톨트 브레히트 같은 이름들….
선배가 아니었으면 지금도 잘 몰랐을 거예요.
그러고 보니 짝사랑도 열심히만 하면 뭔가 남는 게 있긴 하네요.

한 번도 고백 같은 거 해본 적 없습니다.
내 짝사랑은 어쩌면 습관일지도 몰라요.
나 좋다는 사람에게는 이상하게 정이 가질 않았거든요.
딱 그 정도의 거리에서 혼자 상상하고 사랑하는 데
점점 익숙해진 거 같아요.

2년 반.
이번에도 꽤 오랜 시간이었습니다.
그 사람 버릇, 습관, 취향… 다 알 수 있을 만큼 내내 지켜만 보다가
이번에는 정말 용기 내볼까 상상해보던 어느 날,
그가 결혼한다는 소식을 들었어요.

"김준영 씨, 다음 달에 결혼한대. 들었어?"
"진짜? 노총각 한 명 드디어 가네."

하고 돌아서는데, 가슴이 서늘하게 내려앉았습니다.
조금 더 늦게 들었으면 큰일 날 뻔했어요.
날 받아놓은 남자 앞에서 주책맞게 고백할 뻔했잖아요.

나이만 먹고 가슴은 하나도 자라지 못했어요.
난 아직도 열다섯, 열일곱 그때처럼 헛사랑만 합니다.
내 일기장에는 그때나 지금이나 J, K, A…
혼자만 애타게 바라본 남자들의 이니셜로 가득 차 있어요.
그만할래요, 이제 정말.
이 넓은 세상에 날 봐주는 사람 없겠어요?
나를 먼저 발견해주는 사람 기다릴래요, 이제.

‘당신 잘못 없는 거 아는데… 밉네요, 참.
잘 가요. 내 마지막 짝사랑.’

PART 1

지하철 안에 서 있는데 앞에 있는 아가씨가 누군가와 통화하고 있습니다.
옆 친구와 얘기할 때와는 전혀 다른 톤으로 목소리가 바뀌는 거예요.
일부러 듣지 않아도 다 들릴 만큼 주변은 조용한 상황이었어요.

"오빠앙~ 저 진짜 술 못 해용~ 아이~ 체질이야~ 한 잔도 못 하는데~.
 오빠앙~ 보고시퍼용~"

한참을 그런 부담스러운 목소리로 전화 통화를 하는 거예요.
이 안에 있는 사람들이 적어도 30명쯤은 될 텐데,
모두가 들을 수 있을 만큼 하이톤으로.
들어도 상관없다는 당당한 표정으로.
그녀는 전화기 너머에 있는 단 한 명에게만 계속 집중했습니다.
내숭과 애교, 끼를 삼단 종합선물로 마구 내뿜던 그 여자.
나이도 아주 어려 보이진 않았고 20대 중후반 정도?
대단하다 싶었습니다. 손뼉을 쳐주고 싶었어요.

그거 아무나 할 수 있는 거 아니거든요.
나도 연애할 때 가끔 애교떨어요.
그래도 그건 어디까지나 둘이 있을 때 일어나는 일이고,
누군가 딴 사람이 껴 있을 땐
콧구멍에 살짝 들어가 있던 힘이 자동 해제됩니다.
하물며 이렇게 많은 사람이 다 같이 경청하고 있는 상황에선
닭살스러울 정도의 애교와 교태를 선보일 자신은 절대 없죠.
죽었다 깨어나도 못 할 거예요, 난.

다시 친구와 대화할 땐
껌까지 짝짝 씹으며 터프한 태도로 돌변해 있었습니다.
나 말고 이 지하철 안의 모든 사람이
아마 다 비슷한 생각을 하고 있을 거예요.
진짜 대단하다. 할 말이 없다. 감탄 반, 쯧쯧 혀 차는 마음 반이었겠죠.
저 정도까지의 두 얼굴을 가진 여자들.
같은 여자들 사이에선 욕먹을 때 많죠.

그런데 저것도 재능이고 노력이란 생각이 들었어요.
사랑받기 위한 노력.
아무것도 하지 않고 그냥 있는 그대로의 나를 사랑해 달라고
버티기보다는 훨씬 열심히 사랑하고 있는 거잖아요.
제삼자가 보기에 좀 불편해 보이는 건 물론 있지만,
크게 피해 주는 건 아니니까.
저렇게 최선을 다해 노력하며 사랑하는 모습.
나름 본받을 만하다는 생각이 드는 거예요.
적어도 전화기 너머에 있던 그 남자는 사랑스러운 그녀의 콧소리를
들으며 헤벌쭉 기분 좋게 행복해했을 테니까요.
연습이라도 해서 나도 해보고 싶어집니다.
온 신경을 그 사람에게만 집중하고 그 사람 마음에만 들게끔.
그 사람이 행복해지게끔 정성껏 애교 떨어보고 싶어요.

'오빠앙~ 나 사랑해요~? 나 예뻐요~?
난 오빠 너~무 너무 따랑하는데~'

"용기 내서 편지 쓰는 거야.

만우절에 남녀 합반 반 바꾸면서

내 옆줄에 앉은 너를 보고 처음부터 좀 마음에 들었거든.

계단이나 매점에서 가끔 부딪칠 때마다

말 걸어보고 싶었는데 용기가 나질 않더라.

요즘 난 고민이 많다. 너도 그렇겠지?

같이 얘기도 하고 공부도 하고, 그런 사이가 됐으면 좋겠는데…

부담 갖지 말고 답장 보내줘."

내가 받아본 최초의 연애편지였습니다.
열일곱이었어요.

운동장에서 볼이 붉으락푸르락해진 어떤 남자애가
다가와 편지봉투를 쓱 내밀고 도망치듯 가더군요.
그 애와 난 그 후로 몇 번쯤 만났을 거예요.
얼굴이 하얗고 예쁘게 생긴 소년이었는데, 남자 같다기보다는
나보다 어린 동생 같았어요.
그래서 몇 번 만나다 재미없다 생각했습니다.
그맘때쯤 여자애들은 괜히 조숙한 척하면서
동갑내기 남자애들한테 별 흥미 못 느끼는 경우 많거든요.
나도 그랬나 봐요.

이 편지가 아직도 나한테 있었네요.
그 후론 이런 연애편지를 받아본 적이 한 번도 없었습니다.
마음에 들면 친구나 누구 소개를 통해 서로 접근한다든가,
어른이 된 다음엔 술자리에서 이러쿵저러쿵하다 썸을 탄다든가.
모두 비슷한 상황이었어요.
수줍게 다가와 쓱 내미는 연애편지라니….
열일곱이었으니 가능한 일이었겠죠, 그 애도 나도.
서른 살을 넘긴 남자가 어느 날 내 앞에 다가와 이런 편지봉투를 내밀고
도망간다면, 그건 좀 이상하게 느껴질 수도 있겠죠?

PART 1

그래도 이런 연애편지 다시 받아보고 싶어요.
이 편지에는 아직 설렘이 담겨있거든요.

심장이 얼마나 빨리 뛰었을까?
이걸 쓰면서도 줄까 말까 얼마나 망설였을지.
한동안 나를 지켜봤다는 그 애의 눈동자는
매일매일 얼마나 반짝반짝 빛나고 있었을지…
새삼 다 느껴져요.
나는 연애편지를 받아본 적이 있는 여자라 참 즐겁고 행복합니다.
뭐니 뭐니 해도 세상에서 사랑을 고백하는 가장 로맨틱한 방법은
떨리는 손가락 끝을 살짝 스치며 연애편지를 건네주는 것 같아요.

'어쩌면 평생 단 한 번이었을지도 모를
 아름다운 추억을 갖게 해준 너, 참 고맙다.
 넌 기억하니?
 열일곱 소년이었던 네 마음속에 내가 있었다는 것을….'

연상연하 커플이 근 몇 년 사이 몇 퍼센트가 늘었다고,
내가 아는 누구누구도 네 살 어린 남자와 결혼했다고….
참 흔한 얘기가 됐습니다.
그런데 막상 아주 가까운 내 측근의 얘기가 되고 나면
편하게 생각할 수만은 없었어요.
하나뿐인 남동생이 결혼하고 싶다며 여자를 데려왔는데,
동생보다 세 살이 많았어요.
나이 들어 보이는 스타일은 아닌데,
자세히 보면 그래도 티가 나는 것 같았어요.
말하는 것도 좋게 말하면 야무지고, 나쁘게 말하면 어린 애인 쥐고
흔들 것 같고 뭐든지 곱게만 보게 되진 않았어요.
당사자 있을 때는 화기애애한 분위기를 유지하려고 노력했지만,
가고 나면 가족 모두 복잡 미묘한 표정을 감출 수 없었습니다.
다들 동생을 설득하기 시작했어요.

"네 나이도 아직 어린데, 서두를 거 뭐 있어?"
"좀 시간을 두고 생각해봐라."
"엄마 친구가 누구 소개해 준다는데, 너무 예쁘고 괜찮다더라.
 일단 만나고 난 다음 천천히 결정하자."

이런저런 말들로 동생 마음을 돌려보려고 했지만,
절대 움직이지 않았어요.
실망스럽게 왜들 이러냐며 나이 많은 것이 무슨 흠이냐고.
무조건 결혼한다고 했습니다.

내가 세 살 어린 남자와 결혼한다면,
엄마 아빠는 아마 반대하지 않으실 거예요.
좋아하실지도 모르죠.

"우리 딸, 능력 좋네."
하시면서요.

그런데 막상 아들의 일이 되고 보니,
한없이 마음 좋다고 생각했던 우리 부모님도 별수 없으셨습니다.
늘 합리적으로 살려고 노력했던 나도 뭔가 모르게 밑지는 거 같고,
속상한 마음이 드는 건 어쩔 수 없었어요.
연상연하 커플이 끝내 해피엔딩에 이르려면 연하의 남자 쪽 사랑이
좀 더 깊고 단단해야 할 것이라는 생각이 들었습니다.
동생 눈은 다 각오하고 다 이겨낼 자신이 있는 눈이었어요.
내 동생이지만, 멋지네요.

동생의 애인인 연상의 그녀는 참 든든하겠어요.
생각해보니 사실 흠 잡을 곳은 전혀 없었어요.
예쁘장하고 성격도 좋고 동생한테 잘하고.
더 이상 뭐가 필요하겠어요.
나라도 힘껏 밀어줘야겠습니다.
나도 세 살쯤 어린 남자 집에 가서 무릎 꿇고 인사드리게 될지
누가 알겠어요?

'내 동생, 너 좀 멋있다?
결혼식 날 그녀보다 네가 더 어려 보이지 않게,
배려해야 하는 것 잊지 말고, 잘살아라!'

부모님께 물려받는 것은 가치관이나 유전자만이 아닙니다.
사랑하는 방식도 물려받게 돼요.
부모님을 보면서 자식들은 대체로 두 가지 방향의 생각을 하게 됩니다.

'나는 절대 저렇게 살지 말아야지.'
아니면, '나도 꼭 우리 부모님처럼 살아야지.' 하는
두 가지 방향의 생각들입니다.

참 다행스럽게도 나는 부모님을 보면서
꼭 그렇게만 살고 싶다는 생각을 자주 하며 살았습니다.
아빠와 외출했다가 돌아오는 길이었어요.
아빠는 운전 중이셨고, 1번에 엄마 번호가 저장돼 있으니
전화를 걸어달라고 하셨습니다.
1번을 꾹 눌렀더니, '내.사.람.'이라는 세 글자가 뜨는 거예요.
'내 사랑'도 아니고 '내 사람'이라니, 이게 이렇게 멋진 말이었구나.
가슴이 뭉클해졌습니다.

닭살이라며 킥킥 웃어넘기는 척했지만,
딸이 아니라 여자의 입장에서 엄마 삶이 참 부럽단 생각이 들었어요.
나도 연애해봤고 사랑도 해봤지만,
'내 사람' 세 글자에서 느껴지던 깊은 진심.
아직 느껴본 적 없는 것 같습니다.

'아빠, 난 뭐라고 저장했어요?'
하고 물었더니, 궁금하면 전화 걸어 보라시네요.

바로 확인했는데, '여.우.'라고 뜨고, 오빠는 '풀.빵.'이라고요.
꼬마였을 때 아빠가 나를 '여우야, 여우야.' 하고 부르셨던 기억이 났어요.
다 크고 나서는 한 번도 그렇게 부르신 적 없었는데….
서른이 다 되어 가는 딸내미 애칭이
아직도 아빠 마음속에선 여우로 통하나 봅니다.
오빠는 태어나자마자 아빠 풀빵이란 소리를 들었대요.
결혼해서 조카도 있는데, 아빠에게 아들은
자신을 쏙 빼닮은 신기한 아기로 존재하는 거였죠.

'내 사람'과 사랑해서 '여우'랑 '풀빵'을 낳고 기르며
열심히 살아오신 아빠의 인생이 그 안에 다 있었습니다.
술에 취해 들어오시는 날이면 아직도
'너희 엄마 예쁘지 않냐?' 하시며 너스레를 떠시고
산책하러 나가서도 엄마 손을 놓지 않으시는 아빠.
그런 아빠의 딸이라 나는 한 남자를
진정으로 사랑하고 사랑받으며 길고 아름다운 인생을
살아갈 수 있을 거라고 믿어 봅니다.

'내 사람, 나중에 사윗감한테 그거 꼭 보여줘야 해, 아빠?
우리 엄마는 참 좋겠다. 아빠처럼 멋진 남자 만나서….'

친구가 새로 사귄 남자 친구를 보여주겠대요.
그쪽도 또 다른 친구를 데려왔습니다.
어쩌다 보니 한창 미팅하던 때의 추억이 떠오를 만한
2대2 구도로 만남을 갖게 되었어요.
물론 미팅 같은 분위기는 전혀 아니었고,
우리는 각각 친구의 애인이 어떤 사람인가 점검하러 함께 나온
베스트프렌드의 역할이었어요.
그런데 말하다 보니 그쪽 친구가 꽤 괜찮은 거예요.
워낙 평범한 인상이라 처음엔 몰랐는데,
볼수록 피부도 매끈하고 내가 얘기할 때마다 '허허허' 잘 웃는 것이
꽤 '호감형'이었어요.

"애인 있으세요?" 하고 슬쩍 물어오는데,
나도 모르게 없다고 했습니다.

내 애인은 멀쩡하게 출장을 가 있다는 사실을
친구는 물론 알고 있지만, 모른 척 넘겨주었어요.
그 남자와 어떻게 좀 해보려는 엉큼한 마음을 먹은 건 아니었는데,
뭐랄까… 매력적인 남자 앞에서의 반사적인 반응이었다고 할까요?

한 2초쯤 머뭇거리다가 나도 모르게
"애인 없어요."라는 말이 반사적으로 나왔어요.

그 사람도 없다고 했습니다.
나와 같은 사연을 감쪽같이 감추고 없는 척했을지도 모르죠.
그 사람이 정말 애인이 없다면,
집에 가서도 내 얼굴을 문득문득 떠올리며 관심을 갖게 된다면,
한번쯤 연락이 올 수도 있겠죠?
전화번호를 주고받진 않았지만, 마음만 먹으면 금방 알 수 있을 테니까요.
그럼 난 어떻게 해야 할까요?

여기까지 상상하다가 문득 내 애인이라는 남자도
지금 어딘가에서 낯선 여인의 눈을 응시하며
'애인 없습니다.'라는 식의 대사를 내뱉고 있으면
어쩌나 하는 생각이 들었습니다.
열이 확 오릅니다.
내가 이러는데 그 사람이라고 그러지 말란 법 없는데….
거기까지는 애교 정도로 생각할 수 있지만,
그 여자를 또 만나고 또 만난다면 문제가 달라집니다.
우리 사이에 그건 엄연히 범죄행위죠!

안 되겠어요.
오늘 만난 호감형의 그 남자가 혹시 내 연락처를 알아내어
연락이 온다면, 딱 잘라 거절해야겠습니다.
서로 페어플레이해야죠.
상상만으로도 이렇게 싫은 일을 나만 얌체처럼 몰래 하는 건
너무 심한 반칙이니까요.

'솔직히 애인 없는 척해 본 적 있지?
지금까지는 봐줄게.
앞으론 절대 안 돼.
나 애인 있음! 이마에 써 붙이고 다녀야 해.'

그녀는 여의도 우체국 건너편에 있는 회사에 다니고 있습니다.
전철역 앞까지 걸어와서 지하철을 타곤 하는데,
퇴근할 때마다 망설였대요.
포장마차 들어가서 우동을 먹을까 말까?
꼬치라도 하나 먹을까 말까?
어떤 날은 자리 잡고 앉아 소주까지 마시기도 했고,
또 어떤 날은 꾹 참고 그냥 지하철을 타기도 했다고 합니다.
나는 길 건너 대각선 맞은편 쪽에 있는 회사에 다닙니다.
나도 자주 같은 역에서 지하철을 탔어요.
같은 포장마차를 바라보며 똑같은 고민을 해본 적도 숱하게 많습니다.
신기해요.
그녀와 나는 이제 막 만났지만,
어쩌면 우리는 그보다 오래전에 만났을지도 모릅니다.
지나온 시간 중 언제 어떤 모습으로든 한 번은 만났을 겁니다.
그녀가 계단을 내려가고 곧이어 내가 같은 계단을 내려가기도 했겠죠.
포장마차에서 우동과 소주를 먹던 어느 날 밤,
내 뒷자리쯤에 그녀가 등을 돌리고 앉아 있었을지도 모릅니다.
흔한 소개로 만났지만, 첫눈에 그녀가 좋았습니다. 행운이었죠.
흔한 전철역. 더 흔한 포장마차일지 모르지만,
거기서부터 우리의 인연이 이미 시작됐을지도 모른다는 것을
알고 나니, 더 기분 좋습니다.

그녀와 손을 잡고 포장마차에 갔어요.
늘 둘이 따로 가던 그곳을 처음으로 함께 찾은 겁니다.
주인아저씨는 나도 알고 그녀도 알고 계셨습니다.
나는 나대로 단골이었고, 그녀는 그녀대로 단골이었던 거죠.
진작 좀 연결해 주지 그랬냐며 농담을 건넸습니다.
허허허 웃으시며 비싼 꼼장어를 서비스로 주십니다.
인연이라는 건 정말 신기해요.
우리가 그 흔한 소개팅을 하지 않았더라면,
그녀와 나는 매일 밤 같은 곳을 스치면서도 만나지 못했을지 모릅니다.
어제 내가 앉았던 의자에 오늘 그녀가 앉을지도 모르지만,
끝내 마주 앉지는 못했을지도 몰라요.
큰일 날 뻔했네요.
이렇게 가까운 데 인연을 두고 끝내 못 만났다면
우리는 얼마나 억울했을까요?

'지금이라도 만나서 다행이야.
먹을까 말까 같이 고민하고.
먹어도 같이 먹고 참아도 같이 참고.
이제라도 그럴 수 있어서 너무나 다행이다.'

영화를 보고, 맛있는 걸 사 먹고 술을 한잔 마신 다음
그녀를 집에 데려다주면서 우리의 데이트는 끝이 나곤 했습니다.
특별할 건 없었지만, 늘 재밌고 좋았어요.
그런데 오늘따라 좀 다른 데이트가 해보고 싶었어요.
뭘 할까? 고민하다가 찜질방에 가자고 했어요.
화들짝 싫다고 하네요.
자기는 그런 곳 싫어한다고 핑계를 대는데,
아직은 내 앞에서 쌩얼을 보여주기 싫은 것 같기도 하고.
여자들은 화장품에 보디샴푸에 이것저것 준비할 게 많아서 그런 걸까요?
웬만하면 내가 져주는 편인데, 오늘은 계속 고집을 부렸습니다.
그녀와 꼭 함께 가보고 싶었거든요.

우리는 결국 찜질방에서 나눠주는 똑같은 티셔츠에 반바지를 입고
어색하게 마주 섰습니다.
그녀는 여자치곤 생각보다 다리에 털이 많네요.
둘째 발가락이 엄지발가락보다 길고요.
왼쪽 어깨엔 까만 점도 하나 있어요.
괜히 피식피식 웃음이 나고, 모두 다 귀여워만 보입니다.
그녀도 지금 내 모습을 보고 몰랐던 어떤 것을 발견했을까요?

달걀을 까먹고 큰 그릇에 나오는 미역국을 시켜서
밥도 같이 말아 먹었어요.
숨이 차오를 만큼 뜨거운 불가마에 들어가서 모래시계가 한 바퀴
뒤집어질 때까지 누가 오래 참나, 그런 내기도 했어요.
찜질방 데이트의 하이라이트는 한 시간 동안 헤어져 목욕하기였습니다.
우리는 각각 남탕, 여탕이라 쓰인 반대편으로 들어갔습니다.
저 벽 너머 어딘가에서 그녀도 나와 비슷한 모습으로 목욕하고 있겠지?
괜히 부끄러운 생각도 들고 기분이 묘했습니다.
한 시간 후 우리는 다시 만났습니다.
어느새 밖은 까맣게 밤이 되어 있었고,
가로등 불빛 아래 볼이 발갛게 달아오른 채 완전히 민얼굴로 나타난
그녀의 모습은 지금까지 본 어떤 얼굴보다 아름다웠습니다.
예쁘게 화장한 그녀의 얼굴도 예쁘지만,
아무것도 바르지 않고 전혀 꾸밈없는 모습으로 내 앞에 서 있는
그녀의 모습은 또 다른 감동이었습니다.

이런 걸 보고 싶었나 봐요.
보지 못했던 어떤 모습을 보면서
좀 더 가까워진 기분을 느끼고 싶었던 것 같네요.
우리는 오늘 목욕탕 데이트를 했습니다.
그녀에게서 풍기는 은은한 비누 향이 이른 봄꽃 향기처럼
코끝을 간지럽히고 있습니다.

'너의 화장 안 한 얼굴의 너도 알게 됐다.
 향수를 뿌리기 전, 너의 향기는 어떤지도 알게 됐어.
 하루하루 하나씩 하나씩 알아가는 게
 이렇게 행복할 수 있다는 거.
 참 신기하다.'

나만 보던 누군가의 눈빛,
내 볼을 만져 주던 누군가의 손길,
앞머리를 쓸어 넘겨주던 손가락의 따뜻함,
그런 것들이 나를 얼마나 행복하게 했었는지
잊어버릴 수 없게 돼버린다.
다시 느껴보고 싶어진다.

첫사랑, 두 번째 만남, 그리고 세 번째…

PART
02

물들다.
같은 시간 속의 너와 나

오늘을 디데이로 정했습니다.
실은 처음 만나던 날부터 하고 싶었는데 용기가 나질 않았어요.
네 번째 만나는 날이니까 오늘쯤이면 괜찮겠죠?
저녁은 뭘 먹어야 좋을까? 마늘 냄새 같은 건 나면 안 되는데….
주머니에 껌도 한 통 준비해오긴 했는데….
쌀국수 맛있는 집으로 가자고 할까?
티셔츠도 깨끗하게 다려 입고 향수도 뿌렸습니다.
향이 너무 강해도 안 좋을 것 같아서 티 안 나게 살짝.
벌써부터 가슴이 막 뛰네요.

앞에 있는 저 커플은 사귄 지 오래되었나 봐요.
남자가 여자 허리를 끌어안고 꼭 달라붙어 있어요.
부럽다.
난 언제쯤 그녀랑 저렇게 가까워질 수 있을까요?
오늘 첫 키스에 성공하면, 허리에 팔을 두르는 정도는 해도 괜찮겠죠?
차가 있었으면 드라이브를 하다가 분위기 좋은 길목에 차를 세우고
자연스럽게 할 수 있었을 텐데….

뻔하긴 하지만 그녀의 집 앞 공원이 좋겠어요.
지난번에 슬쩍 봐뒀는데, 괜찮은 벤치가 하나 있더라고요.
누가 벌써 앉아 있으면 어쩌죠?
그녀가 옵니다. 15분 지각이에요.

"미안해, 늦었지?"
"괜찮아. 영화 보고 밥 먹자. 뭐 먹을까?"
"쌀국수 어때?"

이런, 혹시 그녀가 내 속을 들여다본 걸까요?
괜히 뜨끔합니다.
분홍색 립글로스를 바른 그녀의 입술이 오늘따라 더 예뻐 보여요.
심장박동이 막 빨라집니다.

첫 키스에 성공한 다음엔 무슨 말을 하면 좋을까요…?

'온종일 맘고생 한 거 하나도 안 억울하다.'

아직 한 번도 사랑한다는 말은 듣지 못했어요.
난 벌써 세 번이나 했는데 그 사람은 그 말을 통 해주지 않습니다.
이젠 그 말 해달라고 더는 조르지 않기로 했어요.
그 사람 지갑 속엔 내 사진이 있었거든요.

화장실 간 사이에 그냥 별생각 없이 지갑을 만지작거렸는데,
지갑을 열자마자 많이 보던 여자 얼굴이 있네요.
내 사진이에요.
난 사랑한단 말을 세 번이나 했으면서도
내 지갑에는 그 사람 사진 없는데,
그 사람 지갑엔 내가 있어요.
그게 이렇게나 기분 좋은 일인지 몰랐습니다.

"무슨 사진이야?"
"여권 갱신해야 해서 급하게 찍었어. 이상해. 보지 마."
"사진이 거짓말하나? 그 얼굴이 그 얼굴이지."

무뚝뚝하게 툭 내뱉더니 언제 그걸 한 장 챙겨갔네요.
지갑을 열 때마다 내 얼굴이 보였겠죠?

점심, 저녁 식당에서 계산할 때, 출근길 회사 앞 커피숍에서
에스프레소 커피값을 계산할 때도 봤을 거예요.
옷을 살 때, 술 마실 때, 늘 내 얼굴을 봤을 거예요.
옆에 있던 회사 동료들이 보고 물었을지도 몰라요.

'누구야?'

그럼 뭐라고 대답했을까요?

'응, 애인.'

그랬을까요?
아니면 멋없게 그냥 '응. 만나는 사람.' 그랬을지도 모르고요.

결혼한 선배들이 아이들 사진이나 작은 가족사진
넣고 다니는 걸 보면서 그런 생각을 한 적이 있어요.
이런 사진 넣고 다니면 참 든든하겠구나.
내 인생에 늘 함께 가는 사람,
간직해 다니고 싶은 사람이 생겼으면 좋겠다.
누군가 내 사진을 늘 간직하고 다닌다는 건
참 감동적인 일이라는 것을 알았습니다.
언제 봐서 슬쩍 말해야겠어요.

'사진 이걸로 바꿔. 이 사진이 더 예쁘게 나왔어.'

내가 미쳤었나 봐요.
그 애를 한 번도 남자로 생각해본 적 없는데,
그날 밤 뭐에 홀린 것처럼 그 애와 키스해버렸습니다.
내가 정말 미쳤었나 봐요.

"볼일이 있어서 누나 집 근처 왔어. 술 한잔할까?"

마침 심심했는데 잘됐다 싶었어요.
우린 오래된 누나 동생 사이입니다
가끔 만나서 술도 한두 잔 했지만, 둘만 만난 건 그날이 처음이었어요.
그래서인지 처음엔 묘하게 어색했습니다.
마시다 보니 그동안 말하지 않던 속 깊은 얘기도 하게 됐죠.
헤어진 남자 친구 얘기도 털어놓고,
요즘 고민이 뭔지도 얘기하게 되고요.
그 애도 그랬어요.
회사에서 받는 스트레스 이야기,
어릴 때부터 어머니가 아프셔서 맘고생 하면서 자랐다는 이야기….
많은 걸 털어놨습니다.
마냥 밝은 줄만 알았는데 아니더군요.
어쩌면 연민이었을지도 몰라요.

순간 그 애 손을 따뜻하게 잡아주고 싶었고,
순간 그 애 얼굴이 남자로 보였고.
사람이 실수할 수 있고, 잊어버리면 그만인데….
그런데 왜 자꾸 생각이 날까요?
내 입술에 따뜻하게 닿았던 그 감촉이 자꾸 되살아나요.
그 애는 지금 뭐 하고 있을까? 내내 궁금해하고 있어요.

마음보다 몸이 먼저 인연을 알아챈 걸까요?
머리로는 '아니다 아니다' 하는데,
마음이, 내 입술이, 자꾸 그 애를 떠올리고 있습니다.
이번엔 내가 그 애를 먼저 찾아가 보려고요.
아무렇지도 않은 척 술 몇 잔 마시면서 말하려고요.

'나 헷갈려 죽겠는데… 우리 다시 키스해 볼래?'

전화를 끊기 전 그녀가 나지막한 목소리로 말합니다.

"사랑해."
"응."
"오빠는 왜 사랑한다는 말 안 해?"
"꼭 말해야 아니? 그냥 느끼는 거야."
"맨날 나만 해. 몰라, 끊어!"

오늘이 처음은 아닙니다.
그녀는 '사랑해'라고 말하고,
나는 그냥 '응' 아니면 '보고 싶어'라고 말합니다.
그럼 그녀가 묻죠.

'왜 사랑한다고 안 해?'

왜 나는 사랑한다는 말을 못 하게 된 걸까요?
아니 안 하게 되어 버린 걸까요?

예전에는 사랑하는 건지, 사랑하지 않는 건지
나 자신도 잘 알지 못한 채, '사랑해'라는 말을 참 잘했습니다.
언제부터인가 그런 말은 쉽게 하지 말아야겠다고 생각했어요.

겁 없이 매일 밤 그 말을 주고받던
나는 결국 그 사랑을 책임지지 못했습니다.
아파하면서 매일 밤 사랑한다고 말했던 사람과 이별해 봤습니다.
사랑한다는 말을 그렇게 많이 하지 않았더라면 덜 아팠을 것 같았어요.
그 말을 그렇게 많이 듣지 않았더라면 원망도 덜 했을 것 같았어요.
몇 번의 이별을 겪으면서 나는 점점 더
사랑한다는 말을 하지 않는 사람으로 변해갔습니다.

그녀는 동그란 눈을 깜빡거리면서 사랑한다는 말을 참 자주 해줍니다.
사랑에 아파 본 적이 없는 걸까요?
아니면 겁쟁이 같은 나보다 그녀가 훨씬 용기 있는 걸까요?
오늘은 그녀가 많이 토라진 것 같아 마음이 쓰입니다.
속상해할까 봐 잠도 못 자겠어요.
달려가서 안아주고 싶어요.
이런 마음, 사랑 맞겠죠?
그 말 하지 않은 지 너무 오래돼서 입이 안 떨어지지만,
오늘 밤만은 용기 내서 해주고 싶습니다.

'은정아, 나도 너 많이 사랑해.'

만난 지 석 달 된 남자 친구의 생일날입니다.

"자기 생일 축하해~ 자 선물. 내가 직접 뜬 거야."
"와, 예쁘다. 이걸 진짜 네가 만들었어?"
"응, 나 뜨개질 잘한다니깐 어디 봐! 딱 맞겠다."

실은. 핸드메이드 판매하는 곳에서 산 거예요. 이걸 언제 다 했겠어요?
그런데 뭐 어때요. 저렇게 좋아하는데….

"자기. 오늘 담배 조금밖에 안 피웠지?"
"그럼, 당연하지. 약속 지킬게, 걱정 마."

실은 저도 아직 못 끊었어요.
그런데 남자 친구한테는 어서 빨리 끊으라고 잔소리하는 중이에요.
남자 친구는 물론 모르죠. 처음 만날 때부터 안 피는 척했거든요.
절대 눈치채지 못하게 만날 때마다 샤워하고 양치질하고 향수 뿌려요.

"오늘 입은 치마 너무 예쁘다."
"진짜? 너무 오래된 건데."
"넌 옷걸이가 좋아서 바지 입으나 치마 입으나 다 예뻐."

실은 친구한테 빌려 입었어요. 산 지 얼마 안 돼서 안 빌려준다는 걸
드라이 해주겠다고 졸라서 겨우 뺏어 입었어요.

지난주에 갖고 다니던 책 아직 다 읽었는데
새로운 책을 들고 나가기도 하고,
비싼 레스토랑 가서 밥 사준다고 하면
돈 아깝게 뭘 그러냐며 남자 친구 손 잡고 맛있는 냉면집으로 들어갑니다.

별로 맘에 안 드는 남자 앞에선 말도 막 험하게 해요.
비싼 밥 사준다고 하면 이게 웬 떡이냐 바로 얻어먹죠.
그런데요, 이렇게 마음에 쏙 드는 남자를 만났는데,
이 정도 내숭 못 떨 거 뭐 있겠어요?
나도 좋고 그 사람도 좋고, 사랑이 매일매일 깊어지는데
이 정도 거짓말쯤이야 못 할 거 뭐 있겠어요?

나중에 이 남자… 억울한 표정으로 자기한테 왜 거짓말했냐고 물으면
이렇게 말해줄래요.

'그게 다 너 꼬시려고 그랬지.
너한테 잘 보이고 싶어서 그랬다고!'

그 사람은 질투를 잘 안 합니다.
안 하는 건지 티를 내지 않는 건지 모르겠지만,
어쨌든 참 쿨한 남자예요.
나는 그 사람이 여직원들 많은 자리에서 회식한다고 해도 신경 쓰이고,
주말 하루는 꼬박꼬박 운동모임에 나가는 것도 좀 섭섭하던데,
그 사람은 별로 그렇지 않은가 봐요.
내가 어딜 가든 누굴 만나든 별로 신경 쓰이지 않나 봐요.

"누가 나 소개팅해준대. 애인 있는 줄도 모르고."
"그럼 해 보던가, 나보다 더 멋진 놈일지 누가 알아."

슬쩍 자극 좀 해 보려고 농담처럼 말해본 적도 있는데.
저런 반응이니 나만 더 기분 나빠지는 거죠.
난 그 사람이 우연하게라도 딴 여자 소개받는다고 생각하면
얼굴이 확 달아오르는데 어쩜 그렇게 태연할 수 있는지….

그런데 오늘 그 사람이 질투했습니다.
우연히 내 휴대폰 사진첩을 뒤적거리다가 얼마 전 동창 모임에서
남자 동창과 함께 찍은 사진을 발견한 거예요.

"누구야?"
"아, 초등학교 동창. 지난번에 모임 갔었잖아."

한참을 들여다보더니 그다음부터 말을 잘 안 합니다.

"뭐 먹을래, 영화는 뭐 볼래?"

이런저런 말을 걸어 보는데도 계속 대답하지 않는 거예요.

"왜 그래? 화났어?"
"밥은 무슨. 동창이랑 가. 그 동창한테 영화도 보여 달라고 해."

다정하게 찍은 사진 보고 단단히 토라졌나 봐요.
계속 픽픽하는 걸 어르고 달래고 하면서도
난 이상하게 자꾸 기분이 좋아지는 거예요.
집에 바래다주면서까지 퉁명스럽게 한마디 합니다.

"이제 너, 동창 모임 가서 남자와 둘이 사진 찍고 그러지 마.
또 한 번만 그래 봐, 그땐 그냥…"

돌아서 가는 그의 뒷모습을 보면서도 계속 웃음이 납니다.
질투하는 남자가 저렇게 귀여운지 몰랐거든요.
순순히 알았다고 대답하지 않고 한 번 더 놀려주고 싶어요.

'너, 나만 사랑해야 해.
안 그러면 또 딴 남자와 확 사진 찍을 거다.'

우리 집 앞에 도착하자마자 재빨리 내려 차 문을 열어줍니다.

"밤에 많이 추워졌으니 이불 꼭 덮고 자요."
"네. 조심해서 가세요."
"들어가는 거 보고 갈게요."

아마 내 뒷모습이 현관문으로 사라질 때까지
가만히 서서 지켜보고 있겠죠.
나는 아직 내 맘을 잘 모르겠는데, 이 사람 나한테 너무 잘해주네요.
싫지는 않고, 좋은 사람 같고, 나한테 너무 잘해주고, 그래서…
두 번 세 번 네 번 다섯 번, 계속 만나다 보니
우린 연인 사이가 되었어요.

만나면 만날수록 너무 잘해줍니다.
똑같이 못 해주는 게 자꾸 미안해지려고 해요.
나 그렇게 나쁜 여자 아닌데
너무 잘해주니까 나도 모르게 아무렇게나 굴어도 될 거 같고,
연락 안 되면 속상해할 거 뻔히 알면서 은근슬쩍 전화 오는 거
무시도 해보고 요즘 나답지 않은 짓을 하고 있어요.

더 많이 사랑하는 사람이 약자라고 하잖아요.
지금 우리 둘 사이에서는 저 사람이 약자예요.
그런데 왜 무섭죠?
이렇게 잘해주는 것에 익숙해지고 나면 조금만 서운하게 해도
눈물이 날 것처럼 서러워질 거예요.
쉽게 마음 열지 말자고 다짐했는데, 점점 기대고 싶어져요.
한없이 잘해주던 사람이 변하고 그래서 옆에서 없어지면
정말 힘들어지거든요.
그게 어떤 건지 알거든요, 나는.
그래서 다시 사랑한다는 게 이렇게 힘들어진 건데…
자꾸 날 흔드네요, 저 사람.

'내게 너무 잘해주지 말아요.
사랑하게 되는 거 자신 없어요, 아직은.'

샤갈의 작품 중에 〈산책〉이라는 제목의 그림이 있어요.
빨간 꽃 녹색 지붕들 틈 속에서
남자와 여자가 손잡고 산책하는 그림이에요.
그런데 여자가 남자의 손을 잡은 채 활짝 웃으며 하늘을 날고 있습니다.
하늘을 나는 것처럼 벅차오르는 느낌,
사랑에 빠진 남자와 여자의 '산책'인 거죠.

지금 막 사랑에 빠진 나는 오늘 밤에도 그런 '산책'을 합니다.
나란히 걷는 것만으로도 나를 둘러싼 풍경이 달라지는 느낌이에요.
딱딱한 놀이터 벤치도 푹신하게 느껴지고,
멋없는 가로등 불빛도 따스하게 느껴집니다.

오늘은 우리가 처음으로 손을 맞잡은 날입니다.
내 손가락을 톡 건드리더니,
천천히 조심스럽게 손 전체를 폭 감싸줍니다.
온 신경이 손가락 끝에 집중된 것처럼 찌릿찌릿해요.
그가 손가락을 부드럽게 어루만져 줄 때마다
정말 하늘을 나는 것처럼 마음이 붕 뜹니다.

헤어지기 아쉬워서 그냥 잠깐 손잡고 걸으려고 했는데,
벌써 두 시간이 지나버렸네요.
밤새도록 걸으라고 해도 그럴 수 있겠어요.

사랑에 빠진 남자와 여자가 서로의 감촉을 최초로 느끼는 단계는
이렇게 손을 잡는 거겠죠. 신기해요.
손을 잡는다는 건, 키스하거나 서로를 만지는 것보다
훨씬 강렬한 경험입니다.

오래전 영화 〈E.T.〉에서 ET와 소년이
손가락 끝으로 교감을 나눈 것처럼.
전혀 모르는 남남으로 살아오던 남녀는
서로의 손가락 끝이 맞닿는 순간 많은 것을 예감하게 됩니다.
이 남자를 사랑하게 되겠구나.
이 여자에게 빠져들게 되겠구나.

우리는 지금 막 서로의 손을 잡았고 서로의 인생으로 뛰어들었습니다.

'손이 참 따뜻하네요. 내 손은 어때요?
당신도 나처럼 하늘을 날고 있나요?'

전화하기로 했는데, 벌써 한 시간이나 지나버렸네요.
또 한바탕 혼날 텐데 큰일입니다.
술 취한 친구들 챙기다 보니 한 시간이 금방 가더라고요.
아까부터 조마조마했어요.
이제야 한숨 돌리고 전화하려는데 어쩌면 좋죠?
진심으로 그녀가 무섭습니다.
우리 엄마보다 웬만한 선배들보다 그녀가 더 무섭습니다.
나보다 세 살이나 어리고 나보다 15센티미터나 작은 여자인데
어쩌다 이렇게 됐는지 모르겠어요.

"지금 몇 시야?"
"미안. 어쩔 수가 없었어."
"어딘데?"
"집에 가는 중."
"감기 기운 있다며 여태 술 마신 거야? 오늘은 일찍 들어간다면서…."
"미안. 잘못했어."
"몰라. 오빠 몸이니까 오빠가 알아서 해! 약 챙겨 먹고 자. 끊어!"

찬바람이 쌩 불게 자기 할 말만 하고 끊어버리네요.
화가 많이 났나 봐요.

또 전화해서 더 빌어야 하는 건지, 화 풀릴 때까지 기다렸다가
내일 아침에 연락하는 게 나은 건지 헷갈립니다.
오늘 밤 두 다리 뻗고 자기는 틀렸네요.
그래도 약 챙겨 먹으란 말은 빼먹지 않는 거 보니까
역시 내 생각해 주는 사람은 그녀밖에 없습니다.

나도 참 웃기죠.
진심으로 무서워서 벌벌 떨다가 짧은 한마디에 금방 또 기분 좋아지고,
이게 뭐 하는 짓인지 모르겠어요.
사실은 그녀가 무섭게 잔소리하는 것도 싫지만은 않아요.
이렇게 한 번씩 한참 어린 동생 가르치듯 이래라저래라
톡톡 쏘아붙이는 거 이제 안 들으면 오히려 섭섭할 것 같아요.
집에 가면 약부터 챙겨 먹어야겠어요.
안 그러면 내일 아침에 또 혼날 거예요.
이렇게 잡혀사는 게 왜 이렇게 기분 좋은지 모르겠네요.

'나 일부러 하나씩 말 안 듣는 거다.
 다 잘하면 잔소리 못 들을 거 아냐?
 네 잔소리, 자꾸 중독되거든.'

"미쳤어? 정신이 있어 없어?
 결혼은 무슨 돈으로 할 건데?
 돈 모을 생각은 안 하고 이게 뭐야?
 진짜 생각이 있는 거야 없는 거야?"

한바탕 욕 얻어먹다가 네가 바꾸든지 말든지 맘대로 하라고
버럭 소리 지르고 와버렸어요.
무척 비싼 선물을 사 들고 갔거든요.
좋아할 줄 알았는데 화부터 내더라고요, 섭섭하게….
사람 마음도 몰라주고, 그녀가 너무했습니다.

어제는 그녀의 생일이었어요.
2년을 사귀는 동안 제대로 된 선물 한 번 사준 적이 없어서
이번엔 맘먹고 있었습니다.
꼭 비싼 거로 평생 남을 만한 선물을 사줘야겠다고요.
그녀는 커피를 좋아해요.
난 사실 그게 그거 같고 잘 모르겠던데,
향이 어떻고 농도가 어떻고 그녀는 참 잘 알아요.
커피가 너무 좋아서 바리스타 공부까지 했어요.

그거라면 틀림없이 그녀가 좋아할 거로 생각했습니다.
카페에나 있는 커피머신 있잖아요.
백화점 몇 군데나 돌아다니고, 인터넷도 여기저기 뒤져보고,
얼마나 고민했는지 몰라요.
솔직히 가격이 아주 비싸긴 했지만, 하나도 아깝지 않았습니다.
우린 긴 인생을 함께 걸어갈 사이인데,
그녀의 꿈, 그녀의 인생에 가장 필요한 것을
꼭 내가 마련해 주고 싶었습니다.

온종일 전화 한 통 안 했는데 뭐 하고 있을까 궁금해서
그녀의 SNS에 들어가 봤습니다.
새로운 사진이 하나 올라와 있네요.
내가 사준 커피머신이에요.
밑에는 이런 글이 있어요.

"철없는 우리 오라방, 하지만 사랑할 수밖에 없는 내 사랑의 선물!!"

참 나 어이가 없습니다. 자꾸 웃음이 실실 나네요.

'바보, 좋으면서 왜 그렇게 화를 냈니?
나, 돈 많이 벌어야겠다.
비싼 선물 사줘도 네가 걱정하지 않고
그냥 좋아할 수 있게….'

PART 2

좌회전하다가 앞서가던 차가 급정거하는 바람에 사고를 내고 말았어요.
순식간에 일어난 일이었습니다.
당황해서 어쩔 줄 몰라 하고 있는데, 앞차 아저씨가 목을 잡고 내리시네요.
누가 재빨리 신고했는지 금방 경찰차가 오고 견인차가 오고 그럽니다.
나는 마치 범법자가 된 듯 바짝 오그라들어 있었습니다.
그때 그 사람 전화가 걸려왔어요.

"사고가 났어요. 앞차가 갑자기 서는 바람에….
 아니 다친 데는 없고, 모르겠어, 나도."

더듬더듬 설명하는데….
그 사람, 말이 채 끝나기도 전에 득달같이 달려오기 시작했나 봐요.
곧 슈퍼맨처럼 내 앞에 나타났습니다.

우린 만난 지 얼마 안 된 사이였고,
나는 그 사람이 좋은 건지 어떤 건지
무슨 감정인지조차 잘 모르고 만나는 상황이었어요.
위급한 일이 생겼을 때 제일 먼저 떠오르는 얼굴,
그런 건 아니었어요, 아직.
그런데 그 사람은 하던 일 다 팽개치고 달려와 줬습니다.

괜찮다며 내 어깨를 묵직하게 감싸 안아주고,
보험회사에 전화를 걸어 침착하게 뒤처리를 해줬습니다.
나 대신 사과해주고 모든 상황을 정리해줬어요.
그 사람이 오지 않았어도 큰일은 일어나지 않았겠죠.
어쩌면 내가 저지른 일에 비해 훨씬 더 큰 피해를 보게 될 수도 있었겠죠.
어느 쪽이었든 상관없이.
나는 그 사람을 다시 보게 됐습니다.
이렇게 순식간에 달려올 만큼 나를 아끼고 있는 걸까? 좀 감동했어요.
남자답게 일 처리하는 그 사람 모습. 믿음직스러워 보였어요.
안 아프냐며 팔을 꾹꾹 주물러 주는데, 그 감촉도 너무 따뜻했습니다.

내게 사고가 일어나지 않았다면 나는 어쩌면 몇 번 더 그 사람을
만나다가 흐지부지 그만둘 생각을 했을지도 모릅니다.
계속 만났더라도 마음 열고 좋아하는 데
훨씬 더 오랜 시간을 흘려보냈을지도 몰라요.
인연이 되려고 그런 걸까요?
우리는 단 몇 분 만에 어제의 우리와 다른 사이가 됐습니다.
지금 내 눈엔 그 사람이 마술처럼 멋져 보입니다.

PART 2

'슈퍼맨을 사랑한 여자 마음, 이해가 가요.
이제 나… 걸어가다 벌레만 나타나도
당신한테 전화하고 싶어질 거 같아.
그래도 되죠?'

같이 살던 친구가 고향 집에 내려갔어요.
마침 공포 영화를 보고 왔는데, 혼자 있기가 너무 무서운 거예요.
그 사람이 주말 동안 같이 있어 주겠다면서 달려와 줬어요.
노트북, 책, 맛있는 치즈 케이크와 와인 한 병까지…
잔뜩 사 들고 왔습니다.
예쁜 카페에 가고 유명한 레스토랑에 가는 것도 좋았지만,
그것과는 좀 다른 시간을 함께 보내게 되었죠.
사 먹는 건 많이 해봤으니, 같이 요리도 해서 먹고,
나란히 소파에 누워 영화도 보고 싶었어요.
특별할 것 없이 가장 평범한 것들.
집이라는 한 공간 안에서만 함께할 수 있는 일들을
많이 해보고 싶었습니다.
소꿉장난하는 것처럼 설레었습니다.

그 사람은 놀랄 만큼 부지런했습니다.
주말 동안 너무나 많은 일을 해줬어요.
에어컨 필터 청소도 해주고, 테이블의 수평이 맞지 않아 삐걱거리는 것도
잡아주고, 박스에 재활용 봉투까지 다 찾아내 정리해주고, 마트에 가서
카트도 밀어주고, 언제 배웠는지 봉골레 파스타도 만들어 주고,
잠든 나를 폭 감싸 안아주기도 했습니다.

계획했던 모든 일과 계획에 없던 또 다른 일까지 하며
그 짧은 주말을 우린 참 알차게 보냈습니다.
그와 한결 가까워졌고, 같이 있어 보니 그는 더 괜찮은 파트너였어요.

그런데 금요일 저녁부터 토요일 밤을 지나 일요일 아침을 맞을 때쯤엔
모든 게 귀찮아지기 시작했습니다.
앞에서 왔다 갔다 하는 것도 보기 싫고,
물어보는 질문에 대답하기도 귀찮아지는 거예요.
어서 빨리 혼자 있고 싶다는 생각만 들었습니다.
결국 최대한 아쉬운 척 연기했어요.
친구가 좀 일찍 돌아오게 되었다고.
이상하게도 그 사람이 현관문을 나서는 순간에서야
숨통이 트이는 것 같았습니다.
기분이 묘하네요.
즐거웠지만 동시에 무척 지겨웠던 그와의 주말.
이래서 나는 결혼이란 것을 할 수 있을까요?

'우리 결혼해도 가끔 각자의 시간을 지켜주는 건 어떨까?
너와 같이 있는 시간도 너무 좋지만,
때론 조금 간격을 두어도 좋을 것 같아.'

언젠가 우리가 헤어지게 된다면 가장 잊기 힘든 순간은
아마 지금이 될 겁니다.
'똑똑똑똑' 그녀가 도마 위에서 야채 써는 소리입니다.
보글보글 한쪽에선 찌개가 끓고 있어요.
밥이 익어가는 고소한 냄새가 나요.
돼지고기가 듬뿍 들어간 김치찌개에서는 얼큰한 냄새가 퍼져 나옵니다.
독립하고 나서는 저런 냄새 너무 오랜만입니다.
해먹을 때도 있었지만, 그야말로 대충이었어요.
앞치마를 두르고 나를 위해 요리하는 그녀의 뒷모습은 지금까지 본 어
떤 여인의 모습보다 아름다워 보입니다.
오래도록 바라보고 있습니다.
저 아름다운 모습, 눈으로 찍어서 마음에 담아두려고 합니다.

몸이 좀 안 좋다는 내 말에 그녀가 한 아름 장을 봐왔습니다.
데워 먹는 인스턴트 식품이 아니라
싱싱한 야채와 찌갯거리에 생선까지 사 온 겁니다.
아무것도 할 줄 모르는 줄 알았는데 아니었나 봐요.

'내가 안 해서 그렇지, 한번 하면 잘해.'

조금 겸연쩍어하면서 손을 걷어붙이더니,
뚝딱뚝딱 청소도 하고 세탁기도 돌리고,
밥에 찌개에, 생선구이, 나물무침까지 금방 만드는 겁니다.
며칠 몸이 좋지 않아서 지저분해졌던 내 방이,
순식간에 마술을 부린 것 같았습니다.
그녀가 영어를 잘한다는 걸 알게 됐을 때도 그녀가 멋있어 보였습니다.
글씨를 예쁘게 쓴다는 걸 알게 됐을 때도 더 사랑스러워 보였어요.
그런데 그녀가 밥을 잘하고 찌개도 잘 끓인다는 걸 알게 된 것은,
다른 것과는 비교도 할 수 없는 뭉클한 감동입니다.
아픈 나를 한쪽에 기대어 놓고, 요리하고 있는 그녀의 뒷모습은
성모 마리아 같기도 하고, 신화 속의 비너스 같기도 했어요.
바로 앞에 있지만, 손에 잡히지 않는 여신의 모습처럼
한없이 아름답고 성스러워 보이기까지 합니다.

'나 너한테 또 한 번 홀딱 반했다.
네가 끓여준 찌개는 잘 지은 보약보다 더 힘이 났어.
정말 고마워.'

우리는 지금 두 시간째 같이 있는데,
생각해보니 만나서 지금까지 한 얘기가 별로 없습니다.
굳이 계속 말하지 않아도 될 만큼 편한 사이지만,
오늘 문득 둘 사이에 흐르는 침묵이 무겁게만 느껴집니다.
요즘 우리가 나누는 대화들은 어떤 것이었지?

'피곤하지 않아? 밥 먹었어? 어디로 갈까?'
이런 말들.

그런 것 말고도 서로 하는 일이나 주변 사람들 얘기도 물론 하죠.
근데 점점 하나의 화제에 대해 이어가는 질문의 수가 줄어듭니다.
서로에 대해 무관심해진 건 아니고,
워낙 많이 알다 보니 굳이 얘기하지 않아도 되는 것들이 많아졌어요.
침묵마저 편한 사이지만, 문득 여느 때처럼 재잘재잘 떠들고 싶다는
생각이 들었습니다.
예전에는 오늘 얼마나 예뻐 보이는지 자주 얘기해주고,
화장실은 몇 번이나 갔는지까지 궁금해하던 사람이었는데
이제 내게 궁금한 것이 별로 없는 걸까요?
이런 시간이 계속되면 둘 사이에 점점 말이 없어질까 봐
갑자기 걱정됩니다.

사소한 것까지 혼자 결정하지 않도록 의논했으면 좋겠고,
영화를 보고 나면 넌 어떤 장면이 좋았고,
난 어느 부분이 인상적이었는지 오래오래 얘기했으면 좋겠습니다.

'내가 오늘 입은 옷은 어떤지, 입술 색깔은 맘에 드는지, 점심 반찬 중에
오징어무침이 나왔는데 이제껏 먹어본 것 중에 제일 맛있었다는, 아까
어떤 노래를 들었는데 너무 좋아서 너도 이따 꼭 들어 봐라' 는
말도 괜찮을 것 같습니다.

어제 저녁에 본 개그 프로그램에 얼마나 웃긴 장면이 나왔는지
깔깔깔 웃으며 서로 막 재연도 했으면 좋겠습니다.
그래야 내 생각은 그 사람에게, 그 사람 생각은 나에게
점점 더 중요해질 것만 같습니다.
함께 있을 때, 심심하거나 무료하단 생각도 하지 않게 될 거예요.
창밖을 내다보는 그 사람의 옆모습도 너무 멋지지만,
내 눈을 똑바로 바라보는 그 사람 눈이 훨씬 멋집니다.
같이 있는 동안은 그 눈을 더 오래 마주할 수 있도록
좀 더 노력해봐야겠습니다.

‘당신, 과묵한 거 잘 알지만,
내 앞에선 수다쟁이였으면 좋겠어요.
다른 사람 앞에서는 점잖아도,
내 앞에선 가끔 수다쟁이였으면 좋겠어.
같이 노력해줄래요?’

아직도 내 통장과 몇몇 인터넷 사이트의 비밀번호는 03070627입니다.

그 사람의 생일과 내 생일을 조합한 숫자였어요.

사랑할 때 다들 해보는 흔하고 뻔한 일인데,

다른 사람들은 헤어지고 나면 그거 다 어떻게 처리하는지 궁금해요.

나는 좀 게으르기도 하고,

마음 한편엔 바꾸고 싶지 않은 마음도 있었던 것도 같고,

그러다 보니 몇 년이 지난 지금까지도

03070627이란 번호를 자주 되새기며 지냅니다.

지금이라면 안 그랬겠죠?

얼마 전 잠깐 만났던 사람은 어느 날, 미공개 인스타그램의

팔로우 신청을 해왔는데 그것도 끝내 수락하지 못했습니다.

언제 어떻게 될지 모르는 게 남녀 사이인데,

너무 많이 보여주는 것은 내키지 않았어요.

열지 않고 자꾸 닫기만 해서 잠깐 만나다 끝나버린 것일 수도 있겠죠?

그런데 한껏 열었던 오래전의 흔적들이

지금도 날 이렇게 따라다니는데, 그것도 겁이 났어요.

잘 모르겠습니다.

언제 어느 때 어느 정도 열어야 하는 건지.

많이 여는 게 좋은 건지, 열지 않는 게 좋은 건지….

사랑할 때는 늘 헷갈리기만 합니다.

풋풋했던 그 시절, 그 사람과 난 참 해맑게 많은 것을 공유했었고,
다른 것들은 다 정리하고 잊었는데,
'03070627' 그 번호는 아직도
내 곁에 실패한 사랑의 인증번호처럼 따라다니고 있습니다.
그 사람은 어떨까요? 내가 이럴까 봐 바꿨을 겁니다.
이별을 좀 더 다부지게 받아들이고 싶은 마음도 있었던 거겠죠.
그 사람도 혹시 확인해 봤을까요? 내 메일이며 블로그….
나는 하나도 안 바꿨으니까 어쩌면 다 봤을지도 모르겠네요.

풋사랑, 많은 것을 나누고 공유했던 시절을 겪어본 사람들이라면
완전히 그 흔적을 지우고 사는 게 쉬운 일이 아니라는 건 모두 알 거예요.
가끔이라도 떠올리고 기억할 수밖에 없는 흔적들이
툭툭 튀어나와서 사람들은 그 시절의 풋사랑을 좀 더 오래 기억하며
살 수밖에 없는 건지도 모르겠습니다.

'0307의 날에 태어난 나의 옛 연인 잘 지내니?
0627에 태어난 너의 옛 애인은 그럭저럭 잘살고 있어.
너에게는 이미 잊힌 숫자일 수도 있겠지.'

내게는 애인 말고도 남자 친구가 몇 명 있습니다.
지금도 난 오래된 남자 친구와 마주 앉아 술을 한잔 마시고 있어요.
대학 동기인데, 남자들은 스물이 한참 지나서도 좀 더 자라나 봅니다.
학교 다닐 때만 해도 동갑이지만, 늘 어리다고 생각했었는데
오랜만에 보니 뭔가 좀 달라졌네요.
체격도 좋아지고 얼굴도 남자다워지고, 태도까지 어른스러워졌어요.
여자 친구와 헤어진 지 좀 됐는데 요즘 외로워 죽겠다고 합니다.
그래서인지 나를 보는 이 녀석 눈빛이 예전과는 조금 다른 것 같습니다.
우리만큼 서로 잘 아는 사이도 없을 텐데….

"너도 시시한 연애 그만두고 자기한테 오라"면서
안 하던 농담도 하고 그러네요.

물론 나는 그럴 마음이 전혀 없어요.
나한테는 말 그대로 친구일 뿐 그 이상이었던 적은 한 번도 없었어요.
그런데 오늘 문득 묘한 생각을 하게 됐습니다.
나도 만약 애인과 헤어지고 얼마 안 돼 외로운 상태였다면,
우리 관계는 오늘 같은 밤, 친구가 아닌 다른 무언가의 관계로
거듭날 수도 있었겠다 하는 생각이 들었습니다.

그래서 남녀 사이엔 백 퍼센트 무조건 친구라는 공식이
성립되기 어려운 건가 봐요.
한순간, 아주 짧은 흔들림에도 예상치 못한 상황이 전개될 수 있으니까요.

그 사람도 여자 친구들이 있습니다.
전혀 신경 쓰인 적 없다면 거짓말이겠지만,
그런 거로 듣기 싫은 소리 한 적 한 번도 없었어요.
그런데 왠지 오늘 이후에는 신경이 더 쓰일 것 같습니다.
그 사람은 아니어도 그녀 중에는
슬쩍 다른 생각을 하는 사람이 있을지도 모르잖아요.
술에 취한 어느 날 밤, 그 사람 어깨에 기대면서 눈물이라도 흘리면
남자 마음 흔들릴 수도 있잖아요.
여기까지만 상상해도 이마가 막 뜨거워집니다.
나는 지금 내 앞에 앉은 친구가 나를 자극해도,
그 느낌을 잠깐 즐기고 말 뿐 넘어가지 않을 자신이 있습니다.
그런데 내 남자가 그러는 건 싫어요.
1초라도 흔들린다면 싫고, 그런 자극을 접한다는 것조차 너무 싫습니다.
믿음이 가장 중요한 것이라 하지만, 유혹 많은 이 험한 세상을
어떻게 무조건 믿을 수는 없습니다.

—
'남녀가 단체로 어울리는 자리에만 나간다!
한 여자의 눈을 5초 이상 계속 마주치지 않는다!'
—

뭐 이런 규칙이라도 애교스럽게 만들어서
사인하라고 해야 하나 봅니다.

'있잖아, 자기 근처에 여자는
원천 봉쇄해 버렸으면 좋겠다.
철석같이 믿고 싶지만, 자기도 남자잖아.
나는 되도 자기는 절대 안 돼.
조심해야 해.'

반짝반짝 빛이 나는 귀여운 알이 박힌 반지.
내 약지 손가락에 참 예쁘게 잘 맞습니다.
드디어 이런 선물을 받게 되었어요.
영화에서 나오는 것처럼 아이스크림 속에 몰래 숨겨 놨던 건 아니고요.
멋없게 주머니에서 툭 꺼내

'미안. 비싼 건 아니야.'

딱 이 한마디밖에 해주지 않았지만, 그래도 충분히 행복합니다.
사랑하는 사람에게 청혼을 받는다는 것,
이렇게나 감동적인 일이었네요.

스물에 그 사람을 만나 벌써 십 년이 다 되어 갑니다.
그 사람도 나도 서로가 서로에게 첫사랑이었습니다.

"너의 첫사랑은 어땠어? 아직도 가끔 생각나?"

다른 커플들은 장난 삼아 이런 것도 묻는다던데,
우리는 질문할 것도 대답할 것도 없는 셈이었어요.

억울할 때도 있었어요.
이 남자도 만나보고 저 남자도 만나보면서
더 화려하게 사는 친구들 보면,
내 인생은 왜 이렇게 재미가 없나 그런 생각도 들었습니다.
매일 똑같은 얼굴, 이젠 몇 년을 같이 산 부부처럼 별로 설레지도 않고,
진짜 이러다 내 청춘 다 지나가는 건가? 하고
쓸쓸한 기분마저 들기도 했습니다.

십 년 가까운 세월.
어떻게 늘 좋기만 했겠어요?
주변에 왔다 갔다 하는 다른 여자애들 보고 말도 안 되게 질투도 해보고,
끝내자고 불같이 싸워도 보았고,
힘들어서 번갈아 한 번씩 잠수도 타봤어요.
길게는 석 달 넘게 연락하지 않은 적도 있었습니다.
결국 다시 돌아와 끌어안고 또다시 달려와 잘못했다고 빌고…
그렇게 십 년을 지켜왔습니다.

새삼 신기합니다.
이 넓은 하늘 아래 수많은 사람 중에
왜 하필 그 사람과 나 둘이었을까요?
그렇게 기적적으로 만나 사랑을 하게 되더라도
첫사랑은 다들 이루지 못했다고들 말하는데,
우리는 어쩌다가 여기까지 함께 왔을까요?
전생에 맺어지지 못해 한을 품고 살았는지 생각할수록
신기하고 또 신기합니다.

내 손가락에서 반짝이는 반지,
눈물이 날 것 같아서 한참을 내려다보는 중이에요.
웨딩드레스 입고 걸어 들어가는 내 모습이 얼핏 들여다보입니다.
그 사람과 나를 반반씩 닮은 작은 꼬마 아이도 보이는 것 같아요.
지금까지 그래왔던 것처럼 앞으로도 긴 세월을
웃기도 울기도 하면서 우리는 같이 걸어가려고 합니다.

'난 이제 첫사랑에 성공한 여자가 되는 건가?

고마워,
우리의 첫사랑을 이렇게 같이
지켜내 줘서….'

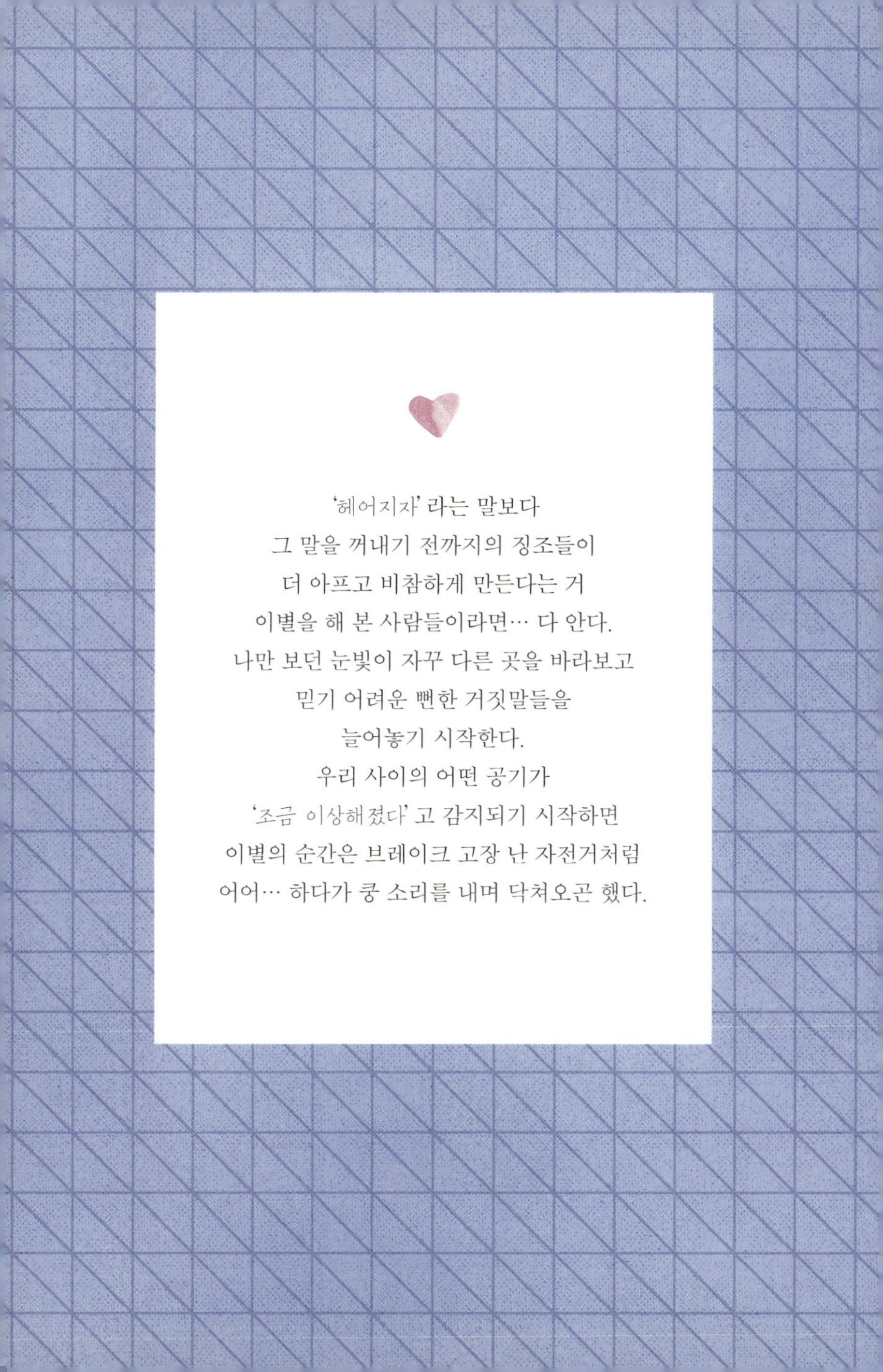

‘헤어지자’라는 말보다
그 말을 꺼내기 전까지의 징조들이
더 아프고 비참하게 만든다는 거
이별을 해 본 사람들이라면… 다 안다.
나만 보던 눈빛이 자꾸 다른 곳을 바라보고
믿기 어려운 뻔한 거짓말들을
늘어놓기 시작한다.
우리 사이의 어떤 공기가
‘조금 이상해졌다’고 감지되기 시작하면
이별의 순간은 브레이크 고장 난 자전거처럼
어어… 하다가 쿵 소리를 내며 닥쳐오곤 했다.

지우다.
사랑이 아파 아무것도
할 수 없었던 시간들

"전화는 전화를 하지 않는 연인의
 악마 같은 손에 들어가면 고문 도구가 된다."

어느 책에선가 이런 글을 읽은 적이 있어요.
요즘 내게 딱 들어맞는 글이네요.

물론 전화를 하지 않는 쪽은 내가 아니라 그 사람입니다.
그러니 난 정신적인 고문을 당하는 입장이 된 거죠.
다들 어떤지 궁금했어요. 친구들 붙잡고 물어본 적도 있습니다.

"너넨 하루에 전화 몇 번 해?"
"글쎄 통화는 한 네다섯 번? 톡은 자주 하고."
"톡은 누가 먼저 해?"
"누가 먼저가 어딨어. 그냥 자연스럽게 하면 되지."
"오빠도 자주 해?"
"그럼. 오빠가 더 자주 하긴 하지."

참 유치하죠?
우린 하루에 한 번, 어떤 날은 그나마 안 할 때도 있어요.
메시지도 두세 번 정도, 주로 내가 보내고 그는 답장을 합니다.

"오빠는 왜 그렇게 전화를 안 해? 내가 뭐 하는지 궁금하지도 않아?"
"일할 땐 전화 원래 잘 안 해. 어린애냐, 전화기 붙들고 살게."
"그런 거에 너무 집착하지 마~"

말할수록 나만 쓸데없는 투정 부리는 사람 되는 것 같아서
더 말도 못 하겠더라고요.
같이 있으면 다정하게 잘해줘요.
그런데 돌아서면 나란 존재는 까맣게 잊나 봐요.
난 아무리 바빠도 화장실 갈 때나 밥 먹으러 갈 때,
틈날 때마다 그 사람한테 전화도 걸고 싶고 문자도 보내고 싶은데….
그 사람은 그렇지 않은가 봐요.

원래 그런 사람도 있나 보다 생각해보려고 했어요.
그런데 점점 전화 걸고 싶을 때
그냥 편하게 버튼을 누르는 게 힘들어져요.
나만 늘 먼저 전화하는 것 같아서 자존심도 상하고.
바쁘다고 안 받으면 맘 상할까 봐 더 어려워지고 그래요.
이런 생각을 하고 있다는 것 자체가 참 외롭고 속상합니다.

아마 곧 전화가 올 거예요.
어젯밤과 비슷한 말 몇 마디 주고받다가
'잘 자.' 하고 전화를 끊겠죠.
오늘은 괜히 더 기분이 가라앉네요.
꾹꾹 참았던 말 뱉어버리게 될까 봐 겁이 나요.

'당신 정말 날 좋아하긴 하는 거야?'

오랜만에 대청소를 했습니다.
그냥 쓸고 닦는 정도가 아니라,
오래된 서랍들 다 털어내고 가구 배치도 바꾸면서.
몇 년 만에 진짜 대청소했어요.
그러다가 주저앉아 한참을 울었습니다.
잘 열어보지도 않던 옷장 서랍 한구석에서
그녀가 남기고 간 선물을 발견했거든요.

"이거 언제쯤 보려나?
 잘 지내고 있지?
 오래오래 지난 다음 이거 봐도 마음 안 아플 때쯤 발견했으면 좋겠다.
 오빠 아픈 건 싫지만, 날 완전히 잊어버리는 것도 조금 싫거든.
 그래서 내가 남기는 깜짝 추억의 선물이야~ 맘에 들어?"

같이 찍은 빛바랜 사진 한 장.
그녀가 직접 뜨개질한 파란 머플러와
짧은 편지 한 장이 납작한 종이봉투에 담겨 있습니다.
편지에는 3년 전 우리가 헤어지기 전 어느 날의 날짜가 적혀 있네요.
장난스레 써 내려간 편지지만,
이걸 쓸 때 그녀는 분명히 울고 있었을 거예요.

그녀가 떠나기 하루 전이었습니다.
마지막 밤에도 우리는 애써 웃으며 담담하게 헤어졌는데,
2년이 지난 지금…
날 이렇게 울게 만드네요.
그때 우린 사랑함에도 불구하고 이별을 선택했습니다.
그녀는 언제 돌아올지 모를 먼 길을 떠나야 했고,
나는 당장 닥친 현실의 무게가 너무 무거워서
사랑을 계속 지켜갈 자신이 없었거든요.
그때 우리가 옳았는지는 잘 모르겠습니다.
지금 다시 만나 사랑할 수도 있지 않을까 욕심부려 보는 것도 아닙니다.

그냥 무작정 눈물이 났어요.
2년 동안 꼭꼭 숨어 있다가 나타난 그녀의 파란 머플러처럼,
저 안에 조용히 가라앉아 있던 색 바랜 추억들이
갑자기 뜨겁게 되살아났거든요.
그 시절의 우리가 너무나 그리워져서 한참을 주저앉아 펑펑 울었습니다.

**'사실은 가지 말라고 매달리고 싶었었다.
그랬다면 우린 여전히 사랑했을까?'**

처음에는 내가 일방적인 피해자라고 생각했습니다.
그래서… 아주 처절하게 저주도 하고 욕하고 미워하고 원망했습니다.
그땐 그게 나한테 약이 됐거든요.
그렇게라도 해야 살 수 있을 거 같았거든요.
그런데… 시간이 가면 갈수록…
난 어땠나… 아, 내가 왜 그랬을까…
그런 순간들이 끊어졌던 필름 되살아나듯 더 많이 떠오르게 됐어요.
아무 이유 없이 일방적으로 지치고 식어갈 순 없는 거잖아요.

'피곤해. 네가 여기로 와.'
'배고파, 나 저거 먹고 싶어.'
'나 바빠.' '일 많아.' '나 힘들어.'
'나 이번 주는 한가해. 오랜만에 한가한데 그냥 나와~'
'왜 그 옷 입었어? 그 옷 별로인데.'
'머리 좀 어떻게 해봐.'
'말해도 모를 거야. 넌 이런 거 잘 모르잖아.'

어떻게 한 번도 아니고
수많은 날을 그런 말을 막 내뱉으며 연애했을까요?
참 엉망으로 연애했구나 싶어요.

나는 점점 나에게만 집중했으니까요.

그에게는 엄격하면서 나 자신에겐 늘 관대했습니다.

1년 넘도록 곱씹어 보니 이제야 알겠습니다.

내 잘못도 참 크고 깊구나.

그를 실컷 미워하다 보니 어느새 화가 조금씩 풀렸고,

화가 좀 풀린 다음에야 내 쪽의 잘못이 보이기 시작했습니다.

이제 와서 잘못했다는 말 의미 없죠.

지금, 이 순간에도…

좀 더 참아주지 못한 그에 대한 원망, 완전히 사라진 건 아니니까요.

그와의 사랑은 오래전에 끝났고,

그와의 이별은 이제야 완전히 끝났습니다.

같은 실수 반복하지 않으려고 애쓰면서 행복해질 거예요.

상대방을 지치게 만드는 나쁜 연애가 아니라,

상대방을 행복하게 해주는 좋은 연애를 하고 싶어요.

그와의 일에서 뭔가를 배웠으니 잘 써먹어야죠.

'이제 너 그만 미워할게.

너도 나와의 연애에서 뭔가를 배웠다면,

앞으로 더 좋은 연애 할 수 있길 바라.'

남/ 나야.
여/ 응.
남/ 그냥 해봤어, 잘 지내나.
여/ … 술 먹었어?
남/ 어, 조금.
여/ ….
남/ 미안하다. 그냥 해봤어.
　　미안해.

전화를 끊고 나서도 한참을 멍하니 앉아 있습니다.
이상한 기분이에요.
헤어진 지 두 달…
굳이 보고 싶고 그리운 마음도 아니었는데
그 사람 전화가 묘하게 반가운 거예요.
아직 나를 다 잊은 건 아니구나 하는 안도감이 든다고 할까.
이게 무슨 기분인지 모르겠네요.

어느 쪽 잘못이랄 거 없이 스르르 사랑이 식어 헤어졌어요, 우리는.
슬프다기보다는….
나 없이 못 살겠다고 하던 때도 있었는데,
싹둑 이별하고 나니 사랑 참 아무것도 아니구나…
허무하고 허전하고 그랬습니다.
가끔 어떻게 지내고 있는지 궁금했습니다.
벌써 여자가 생긴 건 아닐지.
술 마시고 전화한 거 보니 그 사람도 아직은 나를 다 잊지 못했나 봐요.
그게 묘하게 기분이 좋네요, 어이없게도.

어느 드라마에선가 그런 장면을 본 적이 있습니다.
헤어진 남자 친구가 다른 여자도 만나고 잘산다는 소리를 듣더니
갑자기 여주인공이 병이 나 드러눕는 거예요.
그 남자 못 잊어서 괴로워했던 것도 아닌데 말이에요.
지금 이런 기분인 걸 보니 나라도 비슷했을지 모르겠네요.
한때는 사랑했던 사람.
빨리 행복해지길 빌어주는 게 맞을 텐데.
사람 마음이 참 이상한 거 같습니다.

우리는 더 이상 사랑하는 사이가 아니지만,
한때는 서로를 간절히 원했던 사람들입니다.
그것을 너무 빨리 잊어버리지 않는 거,
너무 빨리 훌훌 털어버리지 않는 거.
그게 사랑했던 사람 간에 해줄 수 있는 마지막 배려일지도 모르겠습니다.

'나도 너무 빨리 즐거워지지 않을게.
그러면 너도 섭섭할 거잖아.

천천히… 조금씩 잊어갈게.'

예전에 남자 친구에게서 그런 느낌을 받은 적이 있습니다.
이 남자 나한테 살짝 미쳐 있구나.
세상에 나밖에 없는 것처럼 딴 곳은 쳐다보지 않고
나의 사소한 것까지 열렬하게 바라보며,
나도 몰랐던 미묘한 버릇이나 말투까지 사랑스러워 어쩔 줄 몰라 했어요.
잠깐 연락이 안 되면 난리 나고, 모든 것에 나 먼저 챙겨주던 남자.
때론 그 사랑이 무서울 정도였죠.
그의 미친 사랑이 지긋지긋하게 느껴지는 순간이 찾아와 이별했지만,
연애도 습관이라고 하잖아요.
이후의 만남부터는 늘 결핍을 느꼈습니다.
그런 눈, 내게 미쳐 있는 그런 눈동자를 또 만난 적은 없었거든요.

나 역시도 점점 나이가 들수록 푹 빠지게 되진 않았습니다.
사회생활, 스트레스, 인간관계, 신경 써야 할 일이 많아졌거든요.
오히려 서로를 너무 구속하는 연애는 부담스러웠죠.
그러면서도 문득문득 내게 미쳐 있던 그 눈동자가
그리워질 때가 있습니다.

"목소리가 안 좋네. 어디 아파요?"
"네. 괜히 좀 피곤하네요."
"피곤하면 오늘은 그냥 쉬어요. 내일 전화할게요."

언제나 예의 바른 내 애인은 피곤하다는 내 말에
두말하지 않고 전화를 끊어줍니다.
실은 피곤한 게 아니라 괜히 우울한 건데….
여자 마음을 잘 모르는 건지
마침 그 사람도 피곤했던 건지 그냥 전화를 끊네요.
내게 미쳐 있다면 이러지 않았겠죠?

처음에 사랑을 잘 못 배운 걸까요?
좋은 사람이 옆에 있어도 가끔 고개를 드는 이 쓸쓸한 느낌.

'당신, 나 보고 싶으면 그냥 달려와야 하는 거 아니에요?'

바쁘면 전화 못 받을 수도 있는 거죠.
그런데 요 며칠 예감이 좋지 않습니다.
어제는 몸이 안 좋아서 일찍 들어가 쉬겠다고 했어요.
좀 어떤가 싶어 전화했더니 안 받더군요.
벌써 잠들기엔 아직 이른 시각인데 말이에요.
아무래도 기분이 이상했어요.
또 걸었어요. 또 안 받네요.
열 몇 번을 건 거 같아요. 꼭 뭐에 홀린 여자처럼요.

술에 취해 걸어오는 그 사람을 봤습니다.
그 사람 집 앞에서 기다렸거든요.

"아프다며."
"친구가 불러내서."
"전화는 왜 안 받았어?"
"몰랐어. 전화 왔는지도."

내가 전화하면 화장실에서 볼일 보다가도 받던 사람이에요.
몰랐다는 말, 믿기지 않아요.

'나, 속이지 마. 너 이상해. 말하지 않아도 다 알아.'

참 이상해요. 정말 말하지 않아도 다 알겠어요.
그 사람한테 무슨 일이 일어난 거 같은 느낌.
그 사람이 흔들리고 있다는 것,
말하지 않으면 그냥 모른 채 지낼 수 있었으면 좋겠는데….
이상하게 난 다 알겠어요.
그래서 더 괴롭습니다.

정말 친구를 만났대요.
그럼 왜 자꾸 전화벨 소리도 못 듣고,
나랑 같이 있을 때도 어디선가 문자가 더 자주 오는 걸까요?
못 믿는다는 거, 자꾸 의심하게 되는 거, 참 몹쓸 기분이네요.
이러다가 내가 나를 어쩌지 못할 것 같습니다.
난 아직 그를 사랑하는데….

'그래도 솔직하게 말하지 마.
그냥 계속 아무 일도 없다고 해줘. 제발.'

통화하다 보니 가까운 곳에 친구들과 있다고 했습니다.
어려운 자리 아니니까 오라네요.
사람 많으면 싫다고 했더니 걱정하지 말고 오래요.
그렇게 예정에 없이 그 사람의 친구들을 만나게 됐습니다.
다행히 산 지 얼마 안 된 마음에 드는 스커트를 입고 있었고
피부 상태도 괜찮았어요.
그러지 않았으면 아마 여기까지 오지는 않았겠죠.
착해 보이는 인상의 두 남자가 나를 보더니 누구냐는 듯한 눈으로
그 사람에게 신호를 보냅니다.

"인사해, 내 친구."
"너도 인사해. 이쪽은 내 고등학교 동창들."

나를 친구라고 소개하네요.
그 사람 옆에 앉은 두 남자는 내가 그의 애인인지,
그냥 친구인지 구체적으로 어떤 사이인지 궁금해하는 눈빛이지만,
그냥 더 캐묻진 않고 술잔을 건네줍니다.
나도 둘을 잘 모릅니다.
친구 얘기를 들은 적은 여러 번 있었지만, 그 얘기의 주인공 중에
이 두 사람이 있었는지는 정확히 모르겠어요.
지금의 분위기는 지극히 자연스럽습니다.

그런데 내 머릿속엔 조금 복잡한 생각들이 떠다니기 시작하네요.
우린 아직 이 정도의 사이였나 봐요.

내 친구 중에도 그 사람을 본 건 딱 한 명뿐이네요.
어릴 땐 애인의 친구들, 내 친구들 다 같이 어울려 놀기도 잘하고,
'내 남자 친구야.' 하고 해맑게 인사를 나누게 하는 것도 잘했는데….
점점 어려워져요.
진짜 내 사람이라는 확신이 들지 않는 이상
가까운 사람들에게 공개하는 것을 고민하게 돼요.
금방 헤어지게 되면 괜히 이리저리 소문만 나고, 뒷감당이 걱정도 되고요.
그 사람도 비슷한가 봐요.
지금 친구들의 반응을 보니 알겠네요.
아직 내 얘기를 많이 하지 않았다는 걸요.

언제부터 나는 헤어진 뒤의 일을 미리 걱정하며 연애하게 된 걸까요?
우리가 더 많이 사랑하게 돼서 오랜 시간이 지난 다음에도
헤어지지 않는다면 그런 날이 오겠죠.
친구에게든 가족에게든 편하게 서로를 소개할 수 있는 그런 날이요.

'인사해. 내 애인이야….'

옷장 정리, 책상 정리, 책꽂이에 서랍 정리까지
구석구석 다 하고 있어요.
풍수학적으로 볼 때 그런 말이 있다고 하잖아요.
쓰지도 않는 오래 묵은 것들 쟁여두고 살면 새로운 기운이 못 들어온대요.
옷장이 터져 나올 정도로 옷이 많은데, 늘 입는 옷만 입게 돼요.
아까워서 버리지도 못하고 누구 주지도 못하면서,
몇 년째 자리만 차지한 옷들이 참 많습니다.
충동구매를 했거나 세일할 때 '득템'이라며 산 옷들이 주로 그래요.
액세서리나 화장품 다른 물건들도 거의 그렇습니다.
두고두고 간직하고 자주 쓰다듬어 보고 싶을 만큼
중요한 건 얼마 안 돼요.
이런 걸 왜 샀을까?
기억조차 나지 않는 것들도 꽤 됩니다.
한바탕 털어내고 버릴 것들을 골라내 보니
커다란 상자가 넘치고도 남습니다.
남겨둔 것들은 큰맘 먹고 거금을 주고 샀거나,
중요한 추억이 담긴 물건들.
오랫동안 갖고 싶어 하다가 어렵게 산 것들입니다.
대청소하다가 마음속 서랍들도 하나하나 열어 털어보고 싶어졌습니다.

추억도 옷장이나 책상을 정리하는 것과 다를 바 없네요.
어른들이 가끔 그런 말씀 하시잖아요.
싸구려 잔뜩 사놔 봐야 나중에 다 쓸모없으니까
차라리 제값 주고 좋은 것으로 잘 골라서 사라고요.
어릴 땐 당장 눈앞에 보이는 것들에 정신이 팔려 귀담아듣지 못했어요.
자랄수록 그 말이 참 맞구나 생각했습니다.

연애도 그렇습니다.
손가락 꼽으면서 생각해 봤는데, 그동안 꽤 많은 연애를 했더라고요.
길든 짧든 사귀자고 작정하고 만났던 경우가 일곱 번이나 돼요.
그런데 가끔이라도 떠올리게 되는 얼굴은 딱 두 명뿐이에요.
연애라고 다 같은 연애가 아닌 거죠.
방황할 때 하는 연애, 외로워서 하는 연애.
어쩌다 보니 하는 연애.
그리고 두고두고 기억될 진짜 연애….

앞으로도 긴 날을 살아가야 합니다.
또 연애하게 되겠죠.
나중에 털어 버리고 싶어질 만한 값싼 추억은 또 만들고 싶지 않습니다.
오래 지나도 애처롭고 초라해 보이지 않을 만한
좋은 인연들을 만나고 싶어요.
정신없던 서랍들이 깔끔하게 정리됐습니다.
내 마음속 서랍들도 다 같이요.

'다 털고 좀 더 아름다운 연애를 위해 자리 비워놓고 싶어.
 어리고, 어리석었고 좀 부끄럽기도 했던 인연들.
 또 한 번 안녕.'

아침마다 모닝콜을 해주던 그녀의 전화가 일주일째 걸려오지 않습니다.
우리… 정말 헤어진 거 맞나 봐요.
그녀가 깨워줄 땐 전화 받고도 한참을 뒤척이다 겨우겨우 일어났는데,
지금은 알아서 눈이 떠집니다.
참 이상하죠?

거울 속에 비친 모습….
눈은 퀭하고 수염은 덥수룩한 게 가관입니다.
면도했더니 턱이 파르스름한 게 좀 깔끔해 보이네요.

"오빠 제발 면도 좀 자주 하고 다녀. 나이 들어 보인단 말이야."

늘 흘려듣던 그녀의 말이었는데, 진짜 그러네요.
내가 봐도 다섯 살은 어려 보여요.

"아무리 바빠도 그렇지, 문자 보낼 시간도 없다는 게 말이 돼?
 내가 밥은 먹었는지, 집에는 잘 들어갔는지 하나도 안 궁금해?"

면도하란 말 다음으로 그녀가 자주 하던 말이었습니다.
그냥 일 다 끝나고 연락해도 늘 봐줬으니까….
언제까지고 봐줄 거로 생각했나 봐요.

그런데 왜….
지금은 한창 바쁠 때인데 자꾸 그녀 생각이 날까요.
밥 먹었어? 뭐 먹었어?… 이런 문자.
왜 이제야 자꾸 보내고 싶어질까요.

"제발 술 조금만 줄여라. 술 마실 땐 전화도 잘 안 받고, 진짜 속상해."

그녀의 이런 말에도 늘 건성으로 대답했었죠.
술, 오늘따라 참 맛없습니다.
오늘따라 취하지도 않습니다.
그만 마시라고 전화해주는 사람이 없어서 그런 걸까요?

진작에 그녀 말을 잘 들을 걸 그랬어요.
틀린 말 하나도 없었는데, 들어주기 어려운 것도 아니었는데.
그냥 너무나 익숙해서 한 귀로 듣고 한 귀로 흘려버렸습니다.
장문의 문자를 썼습니다.
그런데 못 보내겠어요.
이걸 보내도 답장이 없을까 봐.
너무 무섭습니다.

'나, 이제 면도 매일 해.
문자도 자주 보내고 술도 줄일게.
아무리 취해도 전화 오면 받을게.
제발 돌아와 줄래?'

요즘 회사에 바쁜 일이 있어서 다른 때보다 한 시간씩 일찍 출근해요.
출근하자마자 커피 한 잔 마실 시간도 없이 일에 파묻혀 있다가
점심도 샌드위치로 대충 때우곤 합니다.
오후에는 계속되는 릴레이 회의에 또 정신없이 시간을 보냅니다.
이제 다들 퇴근하고 나 혼자 남았네요.
퇴근 시간 지난 지는 이미 한참이고, 벌써 밤이에요.
하루가 또 이렇게 지나갔습니다.

나는 바로 며칠 전에 이별했습니다.
그 사람과 헤어져 집으로 돌아오면서도 실은 잘 실감하지 못했어요.
뭔가 좀 멍한 기분이었어요.
샤워한 다음 자려고 누웠는데 '잘 자'라는 문자가 오지 않는 거예요.
정말 헤어진 건가… 그럼 나 어쩜 좋지?
이제 어떡해야 하는 거지?
그러다 스르르 잠이 들었습니다.
아침에 눈을 떠서는 이별의 밤을 돌이켜볼 새도 없이
바쁘게 뛰쳐나왔어요.
그렇게 벌써 며칠이 지나갔네요.
너무 피곤해서 슬픈지도 모르겠고 눈물도 안 나와요.

나는 이별을 슬퍼할 겨를도 없이 너무나 열심히 하루하루를 삽니다.
일하고 밥 먹고 버스를 타면 꾸벅꾸벅 졸기까지 하면서요.
달라진 건 아무것도 없습니다.
바쁘게 매달릴 일이 있다는 게 한편 다행스럽기도 해요.

그런데 뭔가 잘못된 것 같아요.
저 안은 분명 고장 나서 점점 비틀어져 가고 있을 텐데,
하루하루 꾸역꾸역 살아내는 내 모습.
어쩜 이럴 수가 있는지 이해가 되지 않아요.
내 생각은, 내 마음은 방에 남아 쓰러져 울고 있는데….
껍데기만 나와서 거리를 돌아다니는 것 같아.
자꾸 무서워져요.

'차라리 이렇게 내가 아닌 것처럼 정신없이 지내다
잊혔으면 좋겠다.
우리 정말 헤어진 거 맞니?'

오랜만에 술을 좀 마셨어요.
딱 이 정도가 좋아요.
취하긴 취했는데 내일 아침 기억 못 할 정도는 아니고,
가슴이 좀 빨리 뛰면서 혀가 살짝 꼬인 게 느껴져요.
별로 웃기지 않은 일에도 크게 웃게 되고.
이 사람 저 사람한테 막 장난치고 싶어지고 그래요.
사람들이 나 보고 술 취하면 귀여워진대요.
평소엔 좀 점잔 빼는 스타일이거든요.
술 마시면 더 솔직해지고 용감해져요.
옷깃이 살짝살짝 팔락일 때마다 술 냄새가 싸악~ 풍겨옵니다.

모든 게 잘 굴러갈 때는 술 마시고 감정에 솔직해지는 게
나쁠 거 없었는데,
이별한 후에는 좀 위험한 거 같습니다.
누가 막 보고 싶어지거든요.
배고프면 밥을 먹어야 하고, 울고 싶을 때는 울어야 하는 건데….
보고 싶으면 당연히 봐야지, 못 볼 거 뭐 있냐, 까짓거 보자.
보고 싶다고 말하자!
혼자 막 이런 위험한 생각을 하게 돼요.

하지만 사람을 보는 것은…
밥 먹고 눈물 흘리는 것과는 다른 일이잖아요.
전화기 들고 버튼 누르고 입만 살짝 벌려서,
'보고 싶어.'라고 말해버리면 될 거 같은데….
그쪽에서 전화를 안 받거나, 그쪽은 나를 전혀 보고 싶지 않은
상태일 때는 나 혼자 미친 짓 한 게 되잖아요.

'내가 미쳤지, 죽어야지.'

혼자 괴로워하면서 긴 자학의 나날을 보내게 될 거예요.
그냥 보고 싶어서, 보고 싶다고 말하는 게 죽을죄는 아닌데,
그 한마디 하는 게 어쩜 이렇게 힘들까요.
인생 짧아. 인생 뭐 별거 있나. 까짓거 말하자!
아니 절대 그렇게는 못 하지.
그러다 미친 듯이 후회하지!
술에 취해 밤거리를 터벅터벅 걸으며
나는 계속 내 머릿속의 두 가지 생각과 싸우고 있습니다.
차라리 이성의 끈이 완전히 풀릴 정도로 확 마셔버릴 걸 그랬나 봐요.
때론 세상에서 가장 내뱉기 힘든 말이 '보고 싶다'는 말일지도….
모르겠습니다.

'내가 혹시 못 참고, 보고 싶다고 말했는데….
넌 전혀 아니라면 절대 기억하지 말아줘.
불쌍해하거나 미안해하지도 말고, 제발 다 잊어줘.'

잘 만나나 했더니 왜 헤어졌냐고 묻네요.
글쎄요. 우린 왜 헤어졌을까?
나도 잘 모르는 이유에 대해 주저리주저리 떠들어대고 있습니다.

"그 사람 만나다 보니까 안 되겠다 싶은 게 많더라고. 너무 에프엠에 융통성이 없어. 답답해. 정해진 시간에 운동 안 하면 큰일 나고. 약속 5분 늦으면 픽 토라져서 사람 잡아대고. 하여튼 나랑은 안 맞는 게 많아."

투덜거리는 나를 보고 친구는,
"그런 사람이 책임감은 있던데. 그래도 좀 참지 그랬냐?"고 하네요.

난 또 술 한 잔 들이켜고 말을 이어갑니다.

"그리고 남자가 뭘 그렇게 옷에 신경 쓰는지. 머리부터 발끝까지 얼마나 신경 쓰는 줄 아냐? 네가 모르는 게 많아. 답답하다, 내가. 게다가 그 사람 엄마 보통 아닌 거 같아. 결혼하면 모시고 살아야 할 텐데 너무 깐깐한 스타일이셔. 그 사람은 자기 엄마 얼마나 피곤한 스타일인지도 모른다니까."

밑도 끝도 없이 바로 며칠 전까지 사랑한다고 만났던 남자
흉을 보고 있습니다.

친구는 맞장구도 쳤다가 끄덕이기도 하면서
재미도 없는 내 얘기 잘도 들어주네요.

아무리 친구라도 차였단 말, 하기 싫었어요.
그냥 나도 별로여서 헤어졌다고 말했어요.
그랬더니 별로인 이유를 줄줄줄 늘어놓긴 해야겠는데,
말하다 보니 다 거짓말이네요.
뭐든지 정확하게 잘 지키는 그 사람 덕분에 배운 게 많았습니다.
옷 잘 입고 깔끔한 스타일이라 멋있고 좋았어요.
그 사람 엄마, 까다로워 보이는 건 사실이지만.
같이 산다면 잘할 수 있을 거로 상상해보곤 했어요.
그런데 그게 결국 상상으로 끝난 거죠.
이게 문제고 저게 별로고, 그래서 헤어지자고 해버렸다며
나는 계속 거짓말을 하고 있습니다.

어쩌면 나는 자신에게 최면을 걸고 있는 건지도 몰라요.
그래 사실, 그 남자 별로다.
헤어진 게 잘된 거다.
문제가 많았을 거다.
자꾸자꾸 흉보다 보면 미련 없이 돌아설 수 있을 거로
믿고 싶은 건지도 모르겠습니다.

'흉봐서 미안.
그런데 이거 다 너 때문이야.
맘에도 없는 거짓말 하게 만든 너, 너무 밉다 정말.'

나는 태어나서 딱 한 번 연애해 봤습니다.
단 한 사람과 7년이라는 오랜 세월 동안….
주변에 보면 연애를 더 많이 해 본 친구들도 있어요.
내가 한 사람을 만나 오래 사랑하는 동안 누군가와 만나고 헤어지고….
또 누군가와 만나고 헤어지면서….
사랑이란 게 어떤 건지 나와는 조금 다른 방식으로 배워 왔겠죠.
친구들은 가끔 그렇게 말해요.

'네가 너무 한 남자만 만났어.'
'네가 모르는 게 너무 많아.' 라고요.

그런데요, 그거 아닌 거 같아요.
나는 단 한 사람을 만나 단 한 번 사랑해 봤지만,
더 오래 설레고 더 오래 뜨거웠고, 더 많은 날 행복해 봤고,
더 깊이 아파도 봤습니다.
그래서 참으로 힘드네요.
모르는 게 너무 많아서가 아니라,
아는 게 너무 많아서, 기억나는 게 너무 많아서 참 힘이 듭니다.

나는 좀 늘 그런 거 같아요.
책 한 권을 읽어도 글씨 하나하나 정성 들여 읽고 또 읽곤 합니다.
기억할 것만 기억하면서 빨리 읽어버리는 방법도 있을 텐데 말이에요.
생선 한 조각을 먹어도 뼈가 앙상하게 드러날 때까지
차근차근 발라 먹습니다.
맛있는 부분만 떼어먹고 조금은 남겨도 상관없을 텐데 말이에요.
그래서 난 그 책의 몇 페이지쯤에
얼마나 가슴 설레는 묘사가 숨어있는지 압니다.
내가 좋아하는 생선은 머리 아랫부분,
살이 가장 쫀득쫀득하고 맛있다는 것도 누구보다 잘 압니다.

다시 누군가를 만난다면,
나처럼 어떤 책에 대해 구석구석 다 기억하는 사람은
만나고 싶지 않습니다.
한 사람과 오랜 세월 사랑했던 사람보다는,
차라리 많은 사람을 만나 쉽게 사랑한 사람을 만나고 싶습니다.
떠다니는 추억들 속에 온통 한 사람 얼굴만 들어있는 거,
그게 어떤 건지 아는 사람과는 만나고 싶지 않습니다.

PART 3

'너무 깊이 사랑하지 말 걸 그랬다.
우리… 얼마나 더 살아야 서로를 잊었다고
말할 수 있게 될까.'

가끔 그런 생각을 합니다.
21살 때, 23살 때쯤 연애를 하면서 감정을 너무 많이 소비해
이젠 더 이상 그런 감정들이 나오지 않으면 어쩌나 하는 생각이요.
누굴 만나도 적당히 좋았다가 비슷비슷한 과정을 겪고,
또 비슷비슷한 모양으로 이별하고.
실제로 최근의 연애들은 거의 그랬습니다.
사람을 만나면 두근두근 가슴이 뻥 터질 것처럼 부풀어 올랐다가
밤에 잠도 못 잘 만큼 안달복달해 보고, 그래야 할 텐데.
이젠 조금만 노력하면 마음의 평정을 유지하는 게 그리 어렵지 않아졌어요.
이럴 수도 있고 저럴 수도 있는 거지.
에라 모르겠다, 네가 좋으면 오고 싫으면 가라.
세상 다 산 노인네처럼 재미없게 사람을 만나고 헤어지는 일을
반복하고 있습니다.

또 한 번의 이별을 했습니다.
허전하고 외롭긴 한데 죽을 만큼 힘들지는 않네요.
곧 괜찮아질 거란 걸 알기 때문에
겁도 별로 나지 않고 그냥그냥 견딜 만해요.
이걸 다행이라고 할 수 있는 건지 모르겠어요.
과연 나의 연애 호르몬은 이대로 메말라 가는 걸까요.
내가 이러니 상대도 마찬가지겠죠.

내가 나이 먹은 만큼 그쪽도 그렇고.
내가 연애해 본 만큼 그쪽도 해봤을 테니까요.
어느 쪽이라도 저돌적으로 부딪치고 달려들고 그래야
죽어가는 불씨도 살아나게 될 텐데.
둘 다 강 건너 불구경하듯 잔뜩 몸 사리고 앉아 별다른 노력을
하지 않으니 계속 이 모양이겠죠.
이대로라면 나는 다시는 활활 타오르는 사랑 같은 건
못 하게 되는 게 아닐까 겁이 납니다.
아니, 꼭 예전처럼 불같은 감정을 바라는 건 아니에요.
따뜻한 손난로처럼 기분 좋은 온기,
인생 전체를 따뜻하게 해줄 만한 그 따뜻한 온기가
내 몸 안에 다시 살아날 수 있을지 걱정됩니다.
딱 스물 몇 살까지만
멋진 사랑을 할 수 있는 거라고 정해져 있지는 않을 텐데,
나는 이렇게 어영부영 점점 더
나이만 먹게 될까 봐 문득문득 불안해집니다..

'우린 인연이 아니었던 걸까요?
내가, 아니면 당신이 먼저 조금만 노력했다면
우리는 이렇게 헤어지진 않았을까요?'

'안녕' 하고 돌아서서 나왔습니다.
멍하니 걷다 보니 문득 그런 생각이 드네요.
지구본을 빙그르르 돌려보면 대한민국이란 나라 얼마나 작아요.
그 안에 서울시 또 그 안에 은평구.
게다가 우리는 막히지만 않으면
차로 10분밖에 걸리지 않는 거리에 사는데,
'안녕…' 하며 작별을 고하는 게 참 우습다는 생각이 드는 거예요.
밤마다 함께 가서 컵라면을 사 먹고, 캔커피를 마시던 편의점.
내일부터는 가지 말아야겠죠.
택시 타고 달려오는 길 중간쯤 그 사람 사는 아파트도 지나쳤어요.
창문에 불이 켜져 있는지 올려다보곤 했는데, 그것도 하지 말아야겠죠.
쳐다보지 않고 피해 다니다 보면 이 코딱지만 한 하늘 아래
함께 살면서도 용케 부딪치지 않을 수도 있겠죠.
일주일, 한 달, 일 년 후에는 내 인생에 그런 사람이 있었냐는 듯
아무렇지도 않게 살아지겠죠.
이런 게 이별이라니 참 알량합니다.

학교 다닐 때 잠깐 CC였던 적이 있어요.
그때도 그랬습니다.

'안녕. 다신 마주치지 말자. 마주치더라도 그냥 몰랐던 사이처럼 스쳐 가자.'
하고 돌아섰어요.

그 작은 캠퍼스 안에서 마주치지 말자니.
마주쳐도 모른 척하자니.
생각해보면 참 말도 안 되는 소리입니다.

'안녕'이란 말.
처음 해본 것도 아닌데, 오늘따라 더 이상한 외계어처럼 느껴져요.
이별이란 것 자체가 자연스러울 수는 없겠지만,
이건 뭔가 너무 억지스럽잖아요.
왜 우린 그토록 열렬히 사랑하다가도 '안녕' 한마디 내뱉고 나면
서로를 향해 눈을 감고 귀를 막고 코를 막고
그렇게 살아야만 하는 걸까요.

배가 고파서 둘이 가던 편의점에 들어가 혼자 컵라면을 먹고 있습니다.
배가 고픈 건지, 마음이 고픈 건지 모르겠지만,
후루룩 후루룩 계속 먹어대고 있어요.

'안녕' 이 한마디…
사람을 참 허기지게 만드는 말인가 봅니다.

'영화도 아니고… 안녕, 디 엔드라니.
넌 거기에 있고 난 여전히 여기에 있는데,
대체 뭐가 끝이라는 걸까?'

비가 오나 보다 했는데 어느새 하얀 눈발로 바뀌었네요.
올해 첫눈이에요.
당황해하는 사이 순식간에 하늘이 하얘졌어요.
늘 이랬었나요?
올해는 유난히 갑작스러운 느낌이에요.
마음의 준비할 시간도 주지 않고 정말 난데없이 쏟아지고 있습니다.
앞에 걸어가던 여자는 누구한테 급히 전화를 걸더니,
까르르 웃어대고 빙그르르 돌면서 아주 신이 났네요.
버스에 타고 있던 사람들도 창가에 달라붙어
올해의 첫눈을 보겠다고 술렁거리는 분위기에요.
저렇게들 좋을까?
난 왠지 멍해지기만 하고 딱히 전화할 데도 없어서
터벅터벅 계속 걷고만 있습니다.

"첫눈 오는 날 뭐 할까 우리?
 약속하지 않았어도 그날은 우리 처음 만났던 카페로 달려오기다, 꼭~"

그 사람, 유치하게 뭘 그런 걸 챙기냐며 툴툴거리면서도
새끼손가락 걸고 약속해줬어요.

우리 말고도 전 세계 수천만 쌍의 커플이 그 비슷한 약속을 했겠죠.
그 모든 연인의 약속은 지켜졌을까요?
우리는 첫눈이 올 때까지 기다리지 못하고 헤어졌습니다.
그렇다고 그 약속을 무효로 하자고 한 건 아닌데
혹시 그 사람도 지금쯤 그때 그 약속을 떠올리고 있을까요?

나는 바보처럼 한 시간째 이 담벼락 밑에 서 있습니다.
카페에는 들어가지도 못하고 죄지은 사람처럼 담벼락 밑에 숨어서
그 사람이 오나 안 오나 지켜보고 있는 거예요.
안 오네요.
나와 약속했던 거, 기억조차 못 하는 걸까요?
어쩌면 연말이라 회사 일이 바빠서일지도 몰라요.
아니면 벌써 다른 여자와 첫눈 오는 날을 함께 보내기로
새로운 약속을 했는지도 모르죠.
첫눈은 점점 더 서글프게 흩날리고 있습니다.
지켜지지 못하고 공중에 분해되어 버린 수많은 약속이
눈발을 따라 둥둥 떠다니는 거 같아요.

'결국 안 오네요, 당신.
첫눈 오는 날 만나자는 약속 같은 거,
다시는 절대로 하지 않을 거예요.'

PART 3

기차역에 내려 오솔길을 따라
한참 걸어가다 보면 작은 마을이 나옵니다.
마을 입구에 서 있던 그림처럼 예쁜 나무, 아직도 있네요.
저 나무 앞 벤치에 앉아서 키스했었죠.
그 사람과 함께 왔던 곳에 이제는 혼자 왔습니다.
그와의 사랑이 깊어지길 기도하면서 앉았던 벤치에,
그가 잊히길 기도하면서 다시 앉았습니다.
지금 나는 이별 여행 중이거든요.

펜션 주인아주머니는 여자가 왜 혼자 왔나 한참 쳐다보십니다.
사연이 뭔지 대충 알겠다 싶은 표정이세요.
나 같은 여자가 가끔 있나 봐요.
애인과 같이 왔던 곳에 헤어진 다음 청승맞게 혼자 찾아오는 여자.
창 너머로 바다가 내다보이는 멋진 방이에요.
저 바다를 밤새 걸었습니다.
나지막하게 노래도 부르고.
나중에 꼭 다시 오자고 약속도 하고 그랬습니다.

'바다로 가는 횟집' 저기서 산낙지를 처음 먹어봤어요.
이 고소한 걸 왜 못 먹느냐며 바보 같다고 놀려대는 거예요.

눈 딱 감고 꿀꺽 삼켰는데,
목구멍이 간질간질한 게 징그러워 죽을 뻔했습니다.
배꼽 잡고 웃던 그 사람 웃음소리가 아직 들리는 듯해요.
멀리서 보면 정말 바다에 둥둥 떠 있는 거처럼 보이는 횟집이라
너무 로맨틱해서 들어갔는데.
안은 허름한 포장마차라 실망했던 게 기억나요.
모두 그대로예요.

"잊으려고 하는 것보다
 밑바닥까지 그리워해 보는 게 더 나을지도 모른다."

누가 그런 말을 했대요.
그래 보려고 왔어요. 잊기 위한 여행.
그런데 어쩌면 좋죠? 그 사람이 더 보고 싶어집니다.
지금도 내 발자국 옆에 그 사람 발자국이 같이 있는 거 같아요.
다시 서울로 가는 기차에 오를 때쯤이면 희미해질까요?
바다도 벤치도 횟집도 추억도…
다 잊을 수 있을까요?

'키스를 나누던 벤치며, 산낙지 먹던 횟집
 여긴 모든 게 다 그대로인데
 왜 우리만 이렇게 변해 버렸을까요?'

이별하는 날의 배경은
뭐니 뭐니 해도 비가 주룩주룩 내리는 게 어울리죠.
다행이에요, 오늘 비가 와서.
지금 그녀와 헤어지고 오는 길이거든요.
남자가 찔끔찔끔 우는 거 못나 보일 텐데, 비 맞으면서 걸으니
티도 안 나고 좋네요.
남자가 여자 어깨를 꼭 감싸 안은 채 우산 하나를 나눠 쓰고 지나갑니다.
난 오늘도 저 남자처럼 그녀를 꼭 껴안고 집에 데려다줄 생각이었는데.
그녀는 내게 헤어지자고 했습니다.
난 왜 그녀의 맘이 그렇게까지 변하도록 아무것도 못 한 걸까요.
진짜 바보 같아요.
나 자신이 너무 한심스럽습니다.

내가 더 잘하겠다고, 한 번만 다시 생각해 달라고 매달렸어요.
안 된대요.
이젠 날 사랑하지 않는대요.
그런 생각을 한 지도 꽤 됐대요.
매달려도 안 되니 치졸하게 화를 내버렸습니다.

여태 나 갖고 논 거냐고.
나랑 같이 있으면서 계속 무슨 생각을 한 거냐고 소리를 질러버렸어요.
다시는 마주치지 말자고.
우연히라도 다시는 마주치지 말자고 말해버렸어요.
그녀 옆에 있던 쓰레기통을 찌그러지도록 발로 차버렸습니다.
남자답게 돌아섰으면 좋았을걸, 노려보고 화내고 발길질까지 했으니…
나 참 못난 놈이죠.

그녀와 나의 시계는 언제부터 달라졌을까요.
내 시계는 아직 째깍째깍 돌아가고 있는데,
그녀의 시계는 언제 저렇게 멈춰 버렸을까요.
비가 점점 많이 오는 건지 눈물이 자꾸 흐르는 건지 헷갈립니다.
원래도 비 오는 거 좋아하지 않았는데,
이제는 비 오는 날을 더 싫어하게 될 거 같네요.

아무래도 안 되겠어요.
다시는 마주치지 말자는 말.
그건 정말 하지 말았어야 해요.

달려가서 딱 한 마디만,
그냥 딱 한 마디만 더 해주고 와야겠어요.

'우연히도 다시는 마주치지 말자는 말, 다 거짓말이야!
다시 오고 싶으면 와.
미안해서 연락 못 하고 그러면 안 돼!'

그녀와 헤어진 후 처음 맞는 주말입니다.
허전하고 외로워서 견디기 힘들어야만 할 거 같은데, 그렇지가 않네요.
늘어지게 낮잠을 자고 좋아하는 TV 프로그램 돌려가며 보다가
느긋하게 반신욕을 하면서 책도 좀 읽어봅니다.
이렇게 한가로운 주말, 너무 오랜만이에요.
주말을 이렇게도 보낼 수 있는 거였군요.
그녀와 만나는 2년 반 동안
한 번도 나만을 위해 주말을 온전히 보낸 적이 없었던 거 같아요.
우린 사랑했으니까 주말이 되면 만나야 한다고 생각했습니다.
점심을 같이 먹고, 영화를 같이 보고,
전시회에 같이 가고, 또 저녁을 같이 먹고…
주말은 늘 그랬습니다.
모든 시간을 그녀와 같이했어요.
그땐 그게 참 행복했는데,
지금 이렇게 보내는 주말도 솔직히 나쁘지 않네요.

술 취한 어느 날 밤,

잠깐 정신을 놨다 일어나 보니 부재중 전화 20통이 찍혀 있었습니다.

그녀가 날 애타게 찾고 있는 거였죠.

나도 그랬어요.

그녀와 통화가 안 되는 밤이면,

"너, 도대체 어디야? 어딘데 전화를 안 받아?"

속 타는 마음으로 계속 문자를 보내본 적 있었어요.

어디 가서 죽기라도 했을까 봐?

나 말고 딴사람이랑 만나고 있을까 봐?

대체 우린 뭐 때문에 그렇게 서로를 구속하지 못해 안달했던 걸까요?

그게 다 사랑해서 그런 거였습니다.

사랑이라는 이름으로 우린 때로 서로를 못살게 들들 볶아대면서

참 많은 날을 함께했습니다.

지금은 솔직히 이별의 상실감, 견딜 만해요.
참으로 오랜만에 멍하니 혼자 보내는 주말, 편하고 좋아요.
당분간은 연애 같은 거 안 하고 싶습니다.
언젠가 또 다른 사랑을 만나게 된다면,
조금은 다른 방법으로 사랑할 수 있게 되겠죠.
그녀도 나도.

'오늘 나처럼 너도 혼자겠지?
사랑이 끝나 아프지만, 홀가분하다.
우리 사랑하는 데 참 서툴렀나 보다.'

그녀에게 헤어지자고 말했습니다.
싫어져서 그런 게 아니에요.
좋아해서 점점 더 사랑하게 될까 봐 걱정돼서 헤어지자고 말해버렸어요.
말도 안 되는 얘기지만, 지금 내가 그러고 있어요.
워낙 가진 것도 없는 놈이 일도 불안정하고,
뭐 하나 확실한 게 없는 인생입니다.
이렇게 모든 게 불투명한데,
그녀와 점점 가까워지는 게 겁나기 시작했어요.
아직 그녀가 날 사랑할 때 그만 멈추는 게 좋겠다는 생각이 들었어요.
가까운 시일 내에 내 인생이 180도 달라질 리는 없는데,
곧 그녀가 지칠지도 몰라요.
지금이야 괜찮다지만, 곧 힘들어질 거예요.
그때 가서 헤어지게 된다면 너무 비참할까 봐, 그만 말해버렸습니다.

많이 고민했는데, 결국 뻔한 말을 툭 던져놓을 수밖에 없었어요.

"내가 지금은 너무 힘들어 미안하다.
 변변치 못해서 너한테 잘해줄 자신이 없어."

다 이해한대요.
자기는 바라는 거 없대요.
그렇겠죠, 지금은.

"내가 부담스러워서 그래.
 그냥 혼자 있는 게 나을 거 같아, 지금은."

그녀가 울었습니다.
처음으로 내 앞에서 울었어요.
나는 정말 못난 놈입니다.
내 힘든 모습 보여주는 게 싫어서 그녀를 울게 한…
나는 이기적인 놈이에요.

그녀가 가네요.
사실은… 끝까지 붙잡아주길 기대했나 봐요.
무조건 내 옆에 있겠다고 떼를 써주길 바랐던 건가 봐요.
그녀의 뒷모습을 보면서 나도 웁니다.
헤어지자고 말한 건 난데.
마음속으로는 그녀보다 더 많이 울고 있습니다.

'가지 마라. 정말 가면 어떡하니?
 제발 딱 한 번만 뒤돌아봐 주라.'

그녀는 오늘도 양푼 비빔밥에 고추장을 넣고 쓱쓱 비벼댑니다.
입을 쩍 벌려 한입에 넣고 우적우적 씹으면서 말하네요.
맛있다고요.
다 씹어 목구멍으로 넘기기도 전에 한 숟가락 퍼서 다시 입에 넣습니다.
볼이 터질 거 같아요.
처음에는 그런 그녀 모습이 너무 예뻐 보였는데,
이젠 아니에요.
자꾸 짜증이 나려고 그래요.

"이런 자리 어색하죠? 우리, 술이나 마시러 갈까요?"

소개팅으로 처음 만난 자리에서 그녀가 건넨 첫마디는,
바로 술이나 마시러 가자는 말이었어요.
와인이나 칵테일, 이런 것도 아니고 맥주잔에 소주를 섞더니
젓가락으로 저어 소맥이란 걸 타 마시더군요.
그런 건 어디서 배웠느냐고 묻는 저에게,

"왜요? 여자는 이런 거 배우면 안 돼요?"
하더니 호탕하게 웃었습니다.

내숭이라고는 눈곱만큼도 찾아보기 힘든 신기한 여자.
이상하게도 그 자리에서 사랑에 빠져버렸어요.

그렇게 1년 하고도 반이 지났습니다.
사랑은 어쩌면 서서히, 천천히 식어가는 게 아니라,
어느 날 문득, 어느 순간 갑자기 변하게 되는 건지도 모르겠습니다.
머리 하나 질끈 동여매고 트레이닝복 차림으로 달려 나온 그녀가
오늘따라 참 볼품없어 보여요.
내일도 모레도 늘 비슷한 모습으로 서 있을 그녀를 생각하니
이건 아니다 싶어요.
정이 떨어진다는 거, 이런 걸까요?

마침 그녀가 양푼 비빔밥을 순식간에 쓱싹 해치워 버렸습니다.
이제 또 술 먹으러 가자고 하겠죠?
오늘은 술자리에서 독하게 마음먹고 얘기해야겠어요.
내가 내 마음을 더 이상 속이지 못할 거 같습니다.

'너만 보면 설레던 내 심장의 센서가 고장 난 거 같아.
다시 고쳐볼 자신이 없다.
이제 네가 더 이상 예뻐 보이지 않는다.'

그 사람이 요즘 좀 힘들어 보입니다.
혈색도 안 좋고 피곤해 보여요.
회사 일도 뭐가 잘 안 풀린 대고,
어머님 건강도 안 좋으시대요.
여러모로 안 좋은 상황인 거 같습니다.
얼른 다 좋아졌으면 좋겠어요.
회사 일도 집안일도.
왜냐하면, 나는 지금 그 사람과 헤어지고 싶거든요.
이별하는 데도 예의가 있는데, 이렇게 안 좋을 때 나까지 떠나버리면…
그 사람 너무 힘들까 봐 차마 말을 못 꺼내겠어요.

친구가 헤어졌느냐고 묻네요.

"그 사람 상황이 지금 너무 안 좋아."

좀 나아지면 말하려는데, 나 보고 오지랖이래요.
차라리 더 안 좋아지기 전에 말해버리래요.
시간 끌면 끌수록 서로에게 힘들어지는 게 이별인데,
차라리 담백하게 지금 말하라네요.
나는 그래도 지금은 그러지 못하겠습니다.
사랑할 때보다 이별할 때의 예의가 더 중요하다고 믿으니까요.

우리는 분명 사랑했던 사이였거든요.
우리 둘 가슴에만 남아있는 사랑의 장면들이 그렇게나 많은데,
예의 없는 이별로 인해 그 모두를 지우고 싶은 기억으로
만들고 싶지는 않으니까요.

그런데 과연 예의 바른 이별이란 어떤 걸까요.
상처 주지 않고 기분 좋게 헤어질 수 있는 이별.
그런 게 세상에 존재할까요?
말없이 떠나버리는 것, 문자나 이메일로 일방적인 통보를 해버리는 것,
딴 남자 팔짱 끼고 가다가 보란 듯이 들켜버리는 것.
이런 것들이 기분 좋지 않은 이별의 방식이란 건 알지만,
상처 주지 않는 좋은 이별의 방식이 뭔지는
아무리 살아봐도 모르겠습니다.

언제 어떻게 헤어져도 그 사람 안 아플 리가 없는데,
최악은 피하겠다고 버티고 있는 내 모습이 오히려 알량하게 느껴지네요.
그렇지만 진심입니다.
우리 둘 사이의 사랑은 이미 과거형이 되었지만,
나는 진심으로 그 사람이 너무 아플까 봐 걱정됩니다.

'당신 너무 힘들어서
지금은 헤어지자는 말, 못 하겠어요.
훗날 당신 인생에서 내가 사라져도
너무 오래 아파하지 말아줘요.'

두 달 만입니다. 그 사람으로부터 전화가 걸려온 게.
무심하게 대뜸 '뭐 해?'라고 묻네요.
난 사실 1년에 몇 번 만날까 말까 한 친구들과 모여 있었는데,
사실대로 말하면 그 사람이 만나자는 말하려다 말까 봐 거짓말했습니다.

"응, 지금 집에 가는 중이야."

아마 심심했나 봐요.
그 사람은 늘 심심하고 지루할 때 전화해요.
재미있고 바쁠 땐 나한테 전화할 생각 같은 거 절대 안 하거든요.
그거 다 알아요, 난.
아는데도 택시를 잡아타고
그 사람이 오라는 곳으로 득달같이 달려갑니다.

"안 추워? 옷이 그게 뭐야!"

전혀 친절하지 않은 목소리로 툭 내뱉고는 내 어깨를 감싸줍니다.
이런 거 하지 말지.
내가 자기 좋아하는 거 뻔히 알면서 또 이럽니다.

사실은 나쁜 사람 아닌데.
내가 그 사람을 잔인하게 만드는 것일지도 몰라요.
상대가 나에게 사랑이라는 이름으로 묶여 있다는 걸 알게 되면
사람은 잔인해지거든요.
똑같은 사랑을 줄 수 없다면 차라리 인연을 끊어주는 게 옳은 일일 텐데,
가끔 아무렇지도 않게 불러내서
내 어깨를 감싸주고 내 머리를 헝클어뜨리며 웃어줍니다.
그거참 잔인한 것이거든요.
난 또 한참 동안 그 감촉을 떠올리며 마음이 부산스러워질 텐데.
그 사람은 내일이면 까맣게 다 잊어버리겠죠, 아마도.

내가 먼저 끊지 않으면,
우리의 '바람직하지 않은' 인연은
앞으로도 얼마 동안 계속될지 모릅니다.
그런데 난 안 될 걸 뻔히 알면서 못 끊는 걸까요?
나는 이미 이 잔인한 사랑에 중독되었나 봐요.
비극의 여주인공이라도 된 양 슬픔에 빠져드는 것도 버릇이 됐나 봐요.
지금은 도저히 그 사람을 끊을 수가 없습니다.

'또 네가 쓸쓸해지고 심심해지길 기다릴게.
지금 헤어지자는 말은 하지 말아야죠.
언젠가 꼭 내가 먼저 너를 끊을게.'

그녀의 삼총사 친구들과 처음으로 커플 모임을 하는 날입니다.
친구들은 여러 번 본 적 있지만,
두 사람 남자 친구와 함께 보긴 처음이에요.
다들 멋지다던데, 좀 긴장되네요.

자리에 앉자마자 두 남자가 내게 명함을 건네며 인사합니다.
한 명은 대기업에 다니고 한 명은 의사네요.
나도 주섬주섬 내 명함을 건넸습니다.

"아, 무슨 일 하시는 회사죠?"

명함을 보고도 이렇게 묻네요.

"건설 쪽 일을 합니다."

아무렇지 않게 대답했지만,
나는 벌써 왠지 이 자리가 불편해지기 시작합니다.
두 사람은 무슨 일 하는지 굳이 부연 설명 안 해도
명함만 봐도 알 만한 곳에 다니는데,
난 설명하지 않으면 아무도 모를 만한 작은 회사에 다닙니다.

그럼 전공도 그쪽이냐고 묻는데,
대답하려니 갑자기 그녀가 내 말문을 막고 화제를 돌립니다.

"아! 그런데 제 친구와는 어떻게 만나셨다고 했죠?"

자연스럽게 화제가 돌아갔지만, 뭔가 이상했습니다.
혹시 그녀가 좋은 대학 나오지 못한 나를 창피하게 생각하는 걸까요?
기분이 점점 더 쓸쓸해졌습니다.

다 같이 있을 땐 티 내지 않으려고 노력했는데,
둘만 남은 다음엔 결국 참질 못했어요.

"오늘 몸이 좀 안 좋다. 못 데려다줄 거 같은데 괜찮지?"

그러고는 먼저 돌아서 버렸어요.
그녀도 분명 뭔가 느끼고 있을 텐데,
아무렇지 않은 척 '그래, 먼저 가.' 하며 웃네요.

집 앞 포장마차에서 혼자 한 잔 더 마시고 있어요.
난 한 번도 그녀를 누구와 비교한 적 없었는데,
그녀는 내가 자랑스럽지 않은가 봐요.
그녀도 잠 못 자고 뒤척이고 있을 거예요.
괜히 못나게 군 게 미안하기도 하고, 앞으로 우리 사이에
이런 기분 좋지 않은 일 자꾸 반복될까 봐 걱정되기도 합니다.
내 마음속에 점점 사랑하는 마음보다
못난 자격지심이 커지려고 합니다.
이대로라면 나도 내가 어떻게 변할지 자신이 없네요.

'오늘은 나 자신이 자꾸 미워진다.
그리고…
그럼에도 불구하고 나를 자랑스러워 해주지 않는
너도 자꾸 미워진다.'

한동안 나는 두 남자를 동시에 만났습니다.
어제는 A라는 남자를 만나고, 오늘은 B라는 남자를 만나고.
언제까지 이럴 작정은 아니었어요.
그냥 좀 이렇게 만나 보다가 한 명을 결정하겠다고 생각했어요.
좋은 학교 나와서 좋은 직장에 다니고,
보기만 해도 믿음직스러운 분위기를 가진 남자.
그리고 또 한 명은 좀 더 설레는 상대였어요.
같이 있으면 왠지 찌릿찌릿하고 자극적인 데가 있었어요.

한쪽을 만나고 있는데, 나머지 한쪽이 전화를 걸어옵니다.
받을 수가 없죠, 당연히.
한참 지난 다음 가방 속에 넣어놔서 몰랐다든가,
야근하면서 회의 중이었다든가 하는 뻔한 핑계를 만들었습니다.
처음부터 그런 스타일인 척했기 때문에 그냥 믿어주는 거 같긴 한데,
못 할 짓이더라고요.
조마조마하고 계속 신경 쓰여서 결국 눈앞에 있는 사람에게도
완전히 집중하지 못하겠더라고요.

그러다 들켜 버렸어요.
진작에 약속 잡았던 거 잊고 또 약속해 버렸거든요.
아차 싶었는데 이미 늦었어요.
둘이 동시에 나를 향해 달려오고 있는 거예요.

지금은 두 사람 다 놔버렸습니다.
에라 모르겠다는 자포자기 심정이 되더라고요.
나, 양다리 걸쳤어요.
미안하게 됐습니다.
나 나쁜 여자니까 그냥 욕하고 뒤돌아가세요.
그래 버렸어요, 무책임하게.

기가 빠져나갔는지 독감에 걸려 앓아누워 있습니다.
재고 따지고 저울질해보고 끊임없이 알리바이를 생각해내면서
참 황폐한 나날을 보냈어요.
영혼을 갉아먹는 거 같은 나날이었습니다.
둘이나 있었지만, 이상하게 가슴 속 구멍은
점점 더 커지는 거 같았거든요.

다시는 안 할래요, 이런 거.
사랑이 안 되는데 뭐라도 붙잡아 보려고
안간힘 쓰는 거 안 할래요, 이제.

'그동안 속인 것 미안했습니다, 너무나.
 그런데, 내가 더 아프네요.
 못된 짓 한 거 벌 받고 있나 봐요.'

누군가를 사랑한다면…
있는 그대로를 받아들여 줘야 하는 거 아니냐고 쉽게들 말합니다.
나도 그랬어요.
내가 그리 곱게 말하지 못하고 툭툭 내뱉는 사람이라는 거.
약속하면 자주 늦는 사람이라는 거.
마음은 안 그런데 세세하게 신경 쓰고 표현하지 못하는 사람이라는 거.
화가 나면 일단 앞뒤 안 가리고 질러버리는 사람이라는 거.
다 알고 시작한 거면서.
어쩌면 그런 내가 좋아서 시작한 사랑이었으면서
점점 지친다고 말하면 안 되는 거로 생각했어요.
다 받아줄 거처럼 길들여놓고 뒤늦게 못 받아주겠다고 하는
그 사람이 한없이 야속했습니다.

있는 그대로의 나를 계속 사랑해주지 않는 그 사람이 너무 미웠습니다.
실은 나도 그랬죠.
받아들이지 못하는 게 그 사람인데….
있는 그대로의 그 사람을 인정하지 못해서 우린 결국 헤어지게 된 거죠.
그러고 나니 이제야 알겠습니다.
누군가를 사랑한다면 그 사람이 원하는 대로 변해줬어야 해요.
있는 그대로의 나를 받아들여 달라고 억지 부리기보다
내가 먼저 변했어야 해요.

뭐가 그리 아까워서 못 맞춰줬는지 모르겠어요.
뭐가 그리 억울해서 자꾸 고집부렸는지 모르겠어요.
그만큼 받아줬으면 이젠 내가 받아줄 차례였는데,
그때는 왜 옆도 안 보이고 뒤도 안 보였는지 몰라요.
억울하다, 배신당했다, 이용당했다…
그런 말도 안 되는 생각들이 순간 나의 눈을 멀게 했나 봐요.

뒤늦게 많은 걸 깨달았지만,
사랑에는 돌이킬 수 없는 타이밍이란 게 있습니다.
그 사람 마음, 이제 자기 자신도 어쩌지 못할 만큼
먼 곳으로 달아나 버린 거 같아요.
이제 와서 내가 변한다고 우리 사이를 되돌릴 순 없다는 거 알아요.
안 되는 걸 억지로 되돌려 달라고 떼쓰고 싶진 않아요.
그냥 그 사람 인생에 나쁜 사랑으로 기억되고 싶진 않습니다.
내가 너무 내 생각만 했던 거 미안하고 또 미안하다고
꼭 말해주고 싶습니다.

'고집부려서 미안. 바라기만 했던 거 미안.
사랑할 줄 몰랐던 거 미안.
결국 네 사랑까지 변하게 만들어 버린 거 정말 미안.'

왜 갑자기 그녀가 생각났을까요.
가을이라 그런가, 참 이상한 일입니다.
옛날 이메일도 뒤져 보고 책상 서랍도 몽땅 정리해 보니
아직 몇 통이 남아 있더라고요.

"선배를 처음 본 건 도서관 앞이었어요.
 잔디밭에선 담배 피우지 말라고 써 붙여 놨는데,
 누가 떡하니 누워서 담배를 피우고 있더라고요.
 그게 벌써 1년 전이네요. 잘 지내시죠?"

날짜를 보니 군대 있을 때 받은 첫 번째 편지에요.
이게 아직 있었네요.

처음에 나는 그녀가 누구인지도 몰랐습니다.
군대에 있던 내내 한 달에 한두 번씩은 그녀의 편지를 받았습니다.
누구이길래 자꾸 이런 걸 보내나 하고
제대로 읽지도 않고 치워 버렸던 거 같아요.
말년 휴가 나왔을 때인가 그녀를 처음 만났습니다.
안타깝게도 난 아무 감정이 생기지 않더라고요.
제대하고 나서도 가끔 이메일을 보내 왔습니다.

하루의 일상을 적어 보내기도 했고,

좋아하는 시구를 적어 보낸 적도 있어요.

솔직히 말하면, 나는 점점 그녀가 싫어졌습니다.

이상한 여자라고 생각했어요.

결국 그녀가 전화를 걸어왔던 어느 날 밤,

아무렇게나 못된 말을 해버렸습니다.

네 편지 제대로 본 적도 없다고, 구질구질하게 굴지 말라고요.

소식 끊긴 지 몇 년 됐는데, 오늘 불쑥 그녀가 생각났어요.

그녀는 어떤 마음으로 나를 지켜보고

내게 몇 년간 정성껏 편지를 보내온 걸까요.

내가 뭐라고, 한 번 제대로 돌아보지도 않고 한 사람의

절실한 마음을 내 마음대로 구겨버린 걸까요.

내가 좀 더 좋은 사람이었다면 더 일찍 멈출 수 있게 해줘야 했는데.

내가 뭐라고 그녀의 많은 나날을 그렇게 고여 있게 만들어 버렸을까요.

지금은 어디서 뭘 하고 있을지 모르는 그녀입니다.

나를 기억조차 하지 말았으면 해요.

아팠던 나날들 완전히 다 잊고

사랑하는 남자를 만나 행복해졌길 진심으로 바라요.

'너무 늦었지만, 용서를 구합니다.
당신은 나를 잊어도 나를 참 오래 지켜봐 준 당신.
나는 잊지 못할 겁니다.'

헤어진 지 한 달이 됐습니다.
아니, 마지막 통화를 한 게 딱 한 달 전이었어요.

“내가 나중에 전화할게. 미안하다.
 그냥 나중에 전화할게.”

그게 그의 마지막 말이었습니다.
이별의 징조는 이미 오래전부터 느끼고 있었어요.
전화가 뜸해지고 전화를 걸어도 받지 않던 그 사람.
사랑이 이미 끝났다는 거 알고 있었어요.

사랑한다는 고백보다 헤어지자는 말을 꺼내는 게
남자들한텐 더 어려운 일이라고 하더군요.
그 말 꺼낼 용기가 없어서 잠적하는 거라고
어디선가 들은 적 있는 것 같아요.
차라리 ‘헤어지자. 그만 만나자.’라고 말해 준다면
혹시나 하는 마음 갖지 않았을 텐데.
‘나중에 전화할게.’ 그 말 한마디 때문에
한동안 밤마다 그의 전화를 기다렸습니다.

한때는 무척 날 사랑했습니다.
진심이었다는 거 내가 알아요.
그가 먼저 사랑을 시작했어요.
아직 어떻게 해야 할지 몰라 하던 내게 계속 다가왔어요.
결국 그는 자기가 하고 싶은 대로 다 했네요.
사랑하고 싶어서 먼저 사랑하고,
사랑이 식어서 먼저 떠났네요.
뒤늦게 마음 열고 서서히 뜨거워졌던 나는,
우리가 정말 이별한 건지 아직도 실감하지 못하고 있습니다.
차라리 내가 먼저 뜨거워질 걸 그랬어요.
그럼 식을 때도 내가 먼저였을 텐데 말이에요.
그랬다면 나도 '나중에 전화할게.'라는 말을
마지막으로 할 수밖에 없었을까요?
혹시 그는 지금도 어느 유행가 가사처럼,
"안녕이라는 말 대신" 무슨 말을 남겨야 하나 고민하고 있을까요?

언젠가 새로 사랑을 하고 내가 먼저 사랑을 끝내게 된다면,
꼭 마침표를 찍어줄 거예요.
한바탕 술 마시고 울어버린 다음
어서 날 잊을 수 있게 해줄 거예요.

'그동안 즐거웠어. 헤어지자. 안녕.'

살다 보면 이런 경우도 생길 수 있네요.
그는 새로운 여자와 함께였고, 나는 새로운 남자와 함께였습니다.
그 여자는 그 사람의 팔짱을 끼고 있었고,
난 나의 새로운 남자와 팔짱을 끼고 있었어요.
각자의 새 애인을 옆에 두고 옛 애인과 부딪치게 된 거죠.
뭐, 아주 있을 수 없는 일만은 아니죠.
눈이 마주쳤고, 짧은 순간 어떤 '느낌'을 주고받았습니다.
'이런 데서 만나네. 잘 지내고 있구나.' 하는 느낌.
우리는 그렇게 서로를 스쳐 가던 길을 향해 다시 걸었습니다.
둘 다 혼자였다면 멈춰 서서 이야기를 나누었을까요?
잘 모르겠네요.
그랬더라도 당황했을 거 같아요.
인사 한마디 건네면서도 무슨 말을 해야 할지 횡설수설했을 거 같아요.

상상해본 적 있습니다.
내가 사랑했던 남자가
나보다 예쁘고 멋진 여자를 만나는 게 더 기분 나쁠까?
나보다 못나고 별로인 여자를 만나는 게 더 기분 나쁠까?
어느 쪽이든 다 기분 나쁜 일이겠네요.
내가 서 있었던 자리에 다른 여자가 웃으며 서 있는 걸
보는 거 자체가 묘하게 기분 나쁩니다.

짧은 순간이었는데 나도 모르게 그 여자를 유심히 관찰했나 봐요.
어떻게 생겼는지, 몸매는 어떤지, 분위기는 어떤지 모두 생각나요.
그 사람 팔에 찰싹 달라붙어 있는 모습이 애교가 많을 거 같았어요.
예쁘장하고 순해 보이는 인상…
솔직히 그 사람과는 어울리는 스타일 아닌 거 같은데,
좀 실망스럽기도 하고.
왠지 그 사람은 그 여자를 정말 사랑하는 게 아닐지도 모른다는
말도 안 되는 생각도 해보고 있습니다.
유치하게 샘이 나는 건가 봐요.
잘 입지도 않던 티셔츠,
다른 사람이 입으면 괜스레 다시 벗겨 입고 싶고…
뭐 그런 심리와 비슷한 걸까요?
괜히 속이 복잡합니다.

그 사람은 나의 새로운 남자를 봤을까요?
무슨 생각을 했을까요?
밤늦도록 잠 못 들고 있습니다.
그냥 오늘 밤만 이런 거겠죠.
비도 오고 바람도 불고 그런 밤이라 더 심란한 거겠죠.
내일이면 다시 괜찮아지겠죠.

'잘 지내는 거 같아 다행이야.
그런데 다시는 마주치지 말자, 우리.
네 옆에 다른 사람 서 있는 건 참 보기 싫더라.'

한껏 단장하고 거울을 봅니다.
오늘을 위해 6개월 할부로 비싼 원피스도 사 입고
예쁜 에나멜 구두도 하나 샀어요.
화장 잘하는 친구한테 화사하게 보이는 화장법까지 배웠어요.
확실히 평소보다 더 예쁘네요.
며칠 급하게 다이어트까지 했더니
턱선도 뾰족해진 게 내가 봐도 꽤 괜찮아요.

절대 당황하지 말 것.
자연스럽고 쿨 하게 인사만 건넬 것.
벌써부터 가슴이 정신없이 뛰기 시작하는데,
과연 잘할 수 있을까요?

헤어지고 난 다음, 말하자면 첫 번째 공식 모임에 나온 거예요.
그 사람도 아마 올 거예요.
아무리 바빠도 일 년에 한 번 있는 동문회는 빠지지 않았거든요.
한동안 마주칠 만한 자리는 일부러 피해 다녔어요.
그 사람과 얽힌 사람들도 일부러 만나지 않고 지냈습니다.
이런 모임 오랜만이에요.
궁금했어요.
한번쯤 그 사람 얼굴 보고 싶었는데,
이왕이면 달라진 모습 보여주고 싶었거든요.
꼭 다시 뭘 어쩌고 싶은 건 아니지만, 저 여자 저렇게 괜찮은 여자였나?
그런 생각 들게끔 멋있는 모습,
유치한 거 알지만 꼭 보여주고 싶었어요.

오랜만에 보는 얼굴들과 최대한 자연스럽게 인사를 나누고 있습니다.
솔직히 무슨 말을 하는 건지 귀에 안 들어오네요.
그 사람이 왔는지, 언제쯤 저 문으로 등장할까.
온 신경이 그쪽으로 가 있어요.
혹시나 늦게라도 오지 않을까.
2차까지 가지 않고 남았어요.
애써 웃고 있지만, 마음이 점점 식어갑니다.
재미도 없고 머릿속엔 딴생각만 꽉 차 있는데,
내가 왜 여기 이러고 앉아 있나.
비싼 옷까지 사 입고 혼자 이게 뭐 하는 짓인가.
점점 나 자신이 한심하고 혐오스러워집니다.
내가 올까 봐 일부러 피한 걸까요.
나 같은 건 안중에도 없고,
새 애인과 즐거운 밤을 보내고 있는지도 몰라요.
그 사람이 오든 오지 않든 오랜만의 모임
그냥 편하게 즐겼으면 좋았을걸.
왜 아직도 나는 그 사람의 그림자를 떨치지 못하고
이렇게 바보 같은 밤을 보내는 걸까요.

'늦게라도 와주라.
내가 얼마나 멋있어졌는지 꼭 봐줘.
후회하는 눈빛 한 번만 보면 진짜 다 잊을게.
얼굴만 보여줘.'

나는 아무래도 연애 중독자인가 봐요.
언제부터인가 잠시라도 혼자 지내는 걸 견딜 수 없게 되어 버렸어요.
연애를 쉽게 하지 않는 내 친구는 나를 보고 헤프대요.
병이래요. 남자 없이는 못 사는 병.
그런 병도 있다면 친구 말이 맞을지도 몰라요.
나는 세상에서 외로운 게 가장 싫거든요.
너무 무섭거든요.

"왜 연락 안 했어요?"
"그냥 생각 좀 하느라고."
"그래서 뭘 생각했는데요?"
"좀 부담스러워. 솔직히 네가 너무 약해. 강한 척하지만,
 너무 약해서 부담스러워. 네가 나를 자꾸 도망가고 싶게 해."

지금껏 아무도 이렇게 정신이 번쩍 날만큼
정확하게 얘기해 준 적 없었습니다.
나는 함께 있다 보면 어느 순간 도망치고 싶게 만드는 여자인가 봐요.
열심히 사랑한 것뿐인데.
밀고 당기고 머리 쓰고 그런 거 못 해서 그냥 열심히 사랑한 것뿐인데….
그게 부담스럽다네요.
요즘 세상엔 너무 열심히 사랑하는 것도 죄가 되나 봅니다.

또 한 번의 연애가 끝이 나려 해요.
실은 그게 진짜 사랑이었는지 나도 잘 모르겠습니다.
세상에는 많은 연애가 있겠죠.
외로워서 하는 연애, 방황하다 하는 연애, 어쩌다가 시작해버린 연애.
어떤 연애이든 내게 오면 사랑이 됩니다.
그 순간만큼은 가슴이 가득 차오를 만큼 벅차게 사랑하고 싶었거든요.

한 며칠 술에 취해도 보고 울어도 보겠죠.
그러다가 또 누군가를 만나 연애하게 될 거예요.
난 사랑이 살아있는 동안
딱 한 번 올까 말까 한 그런 거로 생각하지 않아요.
같이 웃고 떠들고 따뜻함을 나누고,
그러다 정들면 그게 다 사랑이라고 생각해요.
그래서 사랑하는 거 아끼지 않을 거예요.
빨리 또 누군가를 만나 외롭지 않게 지낼 거예요.
난 남자 없이는 못 살겠거든요.
사랑하지 않고는 살 수가 없거든요.

**'가려면 가. 나 안 죽어.
빨리 다른 남자 만나서 너 같은 거 다 잊어버릴 거야.'**

꼭 일 년 만에 그 여자와 마주쳤습니다.
우리 둘 다 잠시 서로를 응시하다가
나는 그냥 그녀 옆에 서 있던 가로수 잎사귀 쪽으로,
그녀는 내 발아래 있던 빨간 보도블록 쪽으로 눈길을 돌렸습니다.
우리는 '잘 지냈어요? 오랜만이네요~'라는 인사를
주고받을 사이가 아니니까요.
지금으로부터 일 년 전쯤,
내가 그녀에게서 가장 소중한 것을 빼앗아 버렸거든요.

일 년 전 한 남자를 만났습니다.
우리는 눈이 맞부딪치는 첫 순간부터 서로를 알아봤어요.
살다 보면 1초가 10분이나 한 시간인 것처럼 느껴지는 순간이
한번쯤 찾아온다고들 하죠.
그 남자와 내가 서로를 발견하던 순간,
그 존재하지 않을 것 같은 시간을 경험했습니다.
그래서 우리는,
그녀라는 또 다른 사람이 있었음에도 불구하고
해서는 안 될 사랑을 시작해 버렸습니다.
그 여자는 어떤 여자냐고 물었습니다.
천사 같대요. 너무 착하대요.

그렇게 착한 여자를 곁에 두고 이러면 안 되는 거 아니냐고 했더니,
나를 사랑한대요.
그럼 가서 말하라고 했어요.
걔한테 가서 내가 사랑하는 건 네가 아니라 저 여자라고
소리 내서 말하고 다시 오라고 했어요.

둘이 팔짱을 끼고 걸어가는데 저만치서 그녀가 지나가는 게 보였어요.
그 여자… 상처받은 걸 감추지도 못하고
그냥 그 자리에 서서 멍하니 우리를 쳐다봤었죠.
우리 둘 다 돌아보지 못했어요.
주저앉아 울고 있을까 봐 차마 돌아보지 못했습니다.

일 년 만에 그녀를 다시 본 거예요.
여전히 수척해 보이는 게 아직도 그를 잊지 못한 걸까요?
그 여자 눈동자가 내내 따라다녀요.
그냥 지나쳤지만, 조그맣게라도 얘기하고 싶었습니다.

'정말 미안해요. 너무나 미안합니다.'

"시간이 약이야. 스르르 흐려지고
그러다 사라질 거야…"라고
힘들어하는 친구를
토닥이며 말해준 적이 있었지만,
막상 내 앞에, 또다시 이별의 아픔이 닥쳐왔을 땐
다시 속수무책이 될 수밖에 없었다.
지금 막 사랑을 잃고
덩그러니 혼자 남아 아픈 시간을 보내고 있다면
당신이 하고 싶은 수많은 후회의 말들이
이 안에 머물러 있을지도 모른다.

후회하다.
잊은 듯 흩어지는 그리움에

욕실 전구가 고장 난 지 이틀째입니다.
그냥 문을 열어놓고 겨우겨우 새 들어오는 빛을 보면서 대충 씻었어요.
전구만 사다 갈면 되는 거 아는데, 한 번도 혼자 해본 적이 없거든요.
오늘은 꼭 사다가 갈아야죠.
한심하게 이게 뭐 하는 짓인지 모르겠어요.

집 나와 산 지 삼 년간 한 번도 이런 것 때문에 불편한 적이 없었어요.
그 사람이 다 고쳐줬거든요.
돌려서 끼기만 하면 되는 걸 못 하느냐고 면박을 주면서도
기꺼이 다 해줬어요.
비디오도 연결해주고 에어컨 청소도 해주고.
하다못해 리모컨 건전지 갈아 끼우는 것까지….
그 사람은 나한테 맥가이버 같았어요.
어쩜 그렇게 못 하는 게 없는지.
그땐 생각도 못 했는데 그 사람이 옆에 없으니까
바보가 되어버렸습니다.
요리도 나보다 잘했고 기사 노릇도 많이 해줬어요.

그 사람이 없으니까 불편한 게 한둘이 아닙니다.
그 사람도 내가 없어서 불편한 게 많을까요?
별로 없을 거 같아요.

너무 받기만 했나 봅니다.
그리워서가 아니라 미안해서… 후회가 돼서….
가슴이 저립니다.

전구가 나간 욕실 바닥에 주저앉아
나는 사무치게 그 사람을 그리워하고 있습니다.
그 사람이 너무 그리워요.
당장에라도 전화해서 얼른 와달라고 칭얼거리고 싶어요.

'나 혼자 다 할 수 있게 가르쳐주고 가.
 그냥 이렇게 사라져버리면,
 난 어떡하니.'

버스 정류장 앞에 서 있는데
스물두세 살쯤 돼 보이는 예쁜 커플이 옆에 와서 섭니다.
둘 다 참 예쁘게 생겼어요.
둘 눈에는 딴사람은 안 보이는 것 같아요.
찰싹 달라붙어서 입술이 거의 닿을 듯 말듯
속삭이고 까르르 웃고.

"우리 돼지 시험 망쳤쪄요?"
"응!! 어떡해, 애기야?"
"그러게 일주일만 보지 말자고 했잖아, 돼지야."
"우리 애기 안 보고 어떻게 살아."

제삼자가 듣기엔 웃음만 나는 대화였죠.
둘 사이에 이름은 없어진 지 오래된 것 같습니다.
남자는 여자를 '애기야~'라고 부르며 볼을 문질러 댔고,
여자는 남자를 '돼지야~'라고 부르며 손등을 토닥거립니다.
옆에 전봇대가 있는지 사람이 있는지 절대 눈길 한 번 안 돌리고
둘은 오로지 서로만 쳐다봅니다.

나한테도 '애기야~' 그래 주던 사람이 있었어요.
말끝마다 '우리 애기 잘 잤어?', '애기 밥 먹었어?' 그러면서
코를 비벼주고 뺨을 문질러 주고 그러던 사람.
진짜 무슨 두 살배기 아기 다루듯
어르고 달래고 안아주고, 그러던 사람 나한테도 있었어요.
그땐 우리도 서로의 얼굴밖에 아무것도 안 보이는
그런 사랑을 했겠죠.

정류장의 저 커플이 부러워요.
나도 다시 누구를 만나 듣고 싶거든요, 그 말.

'우리 애기 밥 먹었어? 우리 애기 보고 싶네~'

집으로 돌아오는 길.
터벅터벅 밤 골목을 혼자 걷다가 문득 생각해 봅니다.
밤마다 날 여기까지 데려다주고 혼자 돌아가는 길,
참 피곤하고 무서웠겠구나.
오늘따라 참 낯설게 느껴지네요.
벽돌, 대문, 개 짖는 소리.
너무나 익숙한 풍경들인데 이상하게 으스스해요.
새삼 손을 꼭 잡고 이 길을 같이 걸어주던 그 사람이 고맙습니다.
어쩌다 한두 번 데려다주지 못하는 상황이 생길 때면 괜찮다고 했지만,
속으로 토라지기도 했어요.
내가 걱정 안 되나…? 마음이 식었나…?
해준 것도 별로 없으면서 혼자 막 억울해했어요.
왜 남자는 여자를 집 앞까지 데려다주게 된 걸까요.
위험하니까?
조금이라도 더 함께 있고 싶어서…?
그렇게 데려다주는 일은 대체 언제부터 시작된 걸까요?
이거 때문에라도 이별은 여자 쪽에서 더 힘든 일 같아요.
누군가와 함께였던 길.
그래서 참 안전하고 포근하게 느껴졌던 길이
이렇게나 으스스하고 외롭게 느껴지잖아요.

그 사람… 새 애인이 생기면 새로운 동네를 걷게 되겠죠…?
목동에 사는 애인이 생기면 매일같이 목동 길을 걸을 테고,
신사동에 사는 애인이 생기면 신사동 골목길을 밤마다 걷겠죠.
새로운 사랑을 할 때마다 머릿속에
내비게이션 목록이 하나씩 추가되겠네요.
내게도 새 애인이 생긴다는 건 그런 일이겠죠.
이 길을 또 같이 걸을 사람이 생긴다는 것.
날이 더 쌀쌀해져서 그런가 봐요.
터벅터벅 혼자 밤길을 걷는 기분… 참 싫습니다.

'당신 덕분에 집에 돌아오는 길이 참 따뜻했습니다.
 나도 가끔은 당신을 데려다줄 걸 그랬어요.'

꽃다발을 든 남자를 봤습니다.
흔치 않은 풍경이에요. 커다란 꽃다발을 들고 길을 걷는 남자 모습
빨간 장미꽃이 한 50송이쯤 될까?
표정이 좀 상기돼 보이는 것이 아마 애인한테 줄 선물인가 봐요.
별로 잘생긴 얼굴은 아닌데, 멋있어 보이네요. 저 남자.

여자들은 가끔 농담처럼 그런 말을 합니다.

'여자들 꽃 선물 싫어해.
 꽃은 어디까지나 옵션이어야지 그게 메인이면 안 된다니까.'

옷이나 반지, 목걸이 같은 다른 선물이 있어야 한다는 거죠.
아마 나도 그런 말 해본 적 있을 거예요.
그런데 지금 저 남자는 꽃다발을 든 모습 자체만으로도
참 로맨틱해 보여요.

몇 번의 연애를 해봤지만, 꽃다발을 들고 한참을 걸어
내게로 온 남자는 없었습니다.
그건 어쩜 회사로 꽃 배달 서비스를 보내거나, 차 트렁크에 꽃다발을
숨겨와 이벤트를 하는 것보다 의미 깊은 일일지도 모르겠어요.

걸어오는 동안 많은 사람과 스쳐 지나가야 하잖아요.
누군가는 힐끔거리며 쳐다보기도 했겠고.
어떤 여자는 지금 나처럼 부러움의 눈길을 보내기도 했겠죠.

난 사랑하는 여자가 있다.
그 여자를 위해 꽃을 샀고 그 여자를 생각하며
이 거리를 걷고 있다는 그런 뜻이잖아요.
지금 저 남자 마음속에 사랑, 누가 봐도 느껴지거든요.

꽃다발을 들고 다니는 거 민망하다고 꺼리는 남자들도 많대요.
이제, 누군가 이상형이 어떤 사람이냐고 묻는다면
이렇게 대답할까 봐요.

'꽃을 든 남자요!
사랑하는 여자를 위해 커다란 꽃다발을 들고
먼 길을 걸어올 수 있는 그런 남자요.'

할머니가 돌아가신 지 삼 년째 되는 날입니다.
시골에 갈 때마다 멀미하는 서울 촌년을 무릎에 눕혀놓고
자장자장 해주시던 우리 할머니.
다시는 만날 수 없는 곳으로 가버리셨지만,
영정 사진 속에 참으로 평온하게 웃고 계시는 할머니는
우리들이 요즘 무슨 생각을 하며 사는지 다 알고 계시는 거 같습니다.

가족들 다 같이 할아버지를 모시고 할머니 산소에 다녀오기로 했어요.
할아버지는 참 괄괄하시던 분이었는데,
할머니 돌아가신 뒤로는 늘 맥이 풀려 조용히 지내십니다.
주름진 손으로 제 손을 잡으시더니 물으시네요.

"니가 인자 몇 이가?"
"스물일곱이요."
"벌써? 참 마이 지났제. 니 할매가 니 시집보내는 거
 보고 죽어야 한다 했는데."

하시며 말끝을 흐리십니다.
오랜만에 할아버지 기분이 좋아 보이세요.
아끼느라 잘 안 입으시던 셔츠도 꺼내 입으셨어요.
꼭 노총각 맞선 나가는 날처럼 좋아서 안절부절못하시네요.

산소 앞에 꽃도 놓아드리고 풀도 뽑아드리고
두런두런 할머니 살아계실 적 얘기도 합니다.
할아버지가 뭘 주섬주섬 꺼내셨어요. 약과예요.

"니 할매가 이걸 그래 좋아했다. 을매나 먹고 싶을꼬.
 잘 때도 이거 빨다 자고. 이가 죄다 망가져 가지고."

하시면서 막 웃으시는데 눈은 그렁그렁하세요.
그렇게 약과를 좋아하셨는지 자식들은 아무도 몰랐네요.

다시 차를 타고 출발하는데,
뒷좌석에 앉으신 할아버지 모습이 백미러로 보입니다.
할아버지는 몰래 손을 드시더니 할머니 산소 쪽으로 손을 흔드셨어요.
저는 그만 참지 못하고 울어버렸네요.
할아버지는 아무도 모르게 뭐라고 인사하셨을까요?

'임자. 또 보러 올게.'

예전에 어떤 남자가 내게 이런 말을 한 적이 있었어요.

"연애 많이 해봤는데, 너 같은 애는 없었어.
 헤어져도 넌 쉽게 못 잊을 것 같다."
"왜? 내가 어떤데?"
"왜냐면, 너처럼 키스 잘하는 여자는 처음 봤거든."

나는 내가 키스를 잘하는 여자인 줄 몰랐습니다.
그냥 그 사람이랑 키스할 때, 기다리지 않고 내가 먼저 다가갔어요.
감정에 충실하게 하고 싶은 대로 했어요.
부드럽게도 하고, 터프하게도 하고,
남자가 이끄는 대로 맡기지 않고 내 마음대로 다 했거든요.
그런 여자는 처음이라고, 그래서 날 못 잊을 것 같다고 하네요.
헤어진 지 꽤 됐는데, 그 사람 정말 날 잊지 못했을까요?

어떤 남자는 어떤 여자가 해준 콩나물 해장국이 너무 맛있어서,
어떤 여자는 어떤 남자가 불러주던 노래가 너무 감미로워서
그 사람을 잊지 못하겠다고 말해요.
몇 번의 연애를 해봤지만, 솔직히 모두가 그렇게
기억에 오래 남는 건 아니에요.

후회하다. 잊은 듯 흩어지는 그리움에

어떤 사람이었더라?
불과 몇 년 사이 기억 속에서 흐릿하게 지워진 사람도 분명 있거든요.
헤어져도 쉽게 잊히지 않는 여자가 되고 싶다는 생각을 했어요.
다른 여자는 갖지 못한 특별함,
나한테도 있었으면 좋겠다는 생각이요.

그런데 연애를 하면 할수록 정말 잊히지 않는 사람은
깊이 사랑했던 사람이더라고요.
특이해서도 아니고, 뭘 잘해서도 아니에요.
그냥 바라보던 눈빛 하나, 숨결 하나.
하나도 잊히지 않을 만큼 많이 사랑했던 사람이요.
그래서 그런 말을 하나 봐요.
얼마나 사랑했는지는 오래 지나 봐야 알게 되는 거라고….
나한테 당신이 그렇듯
너무 많이 사랑해서 잊히지 않는 사람
오래 지나도록 지워지지 않는 사람

'당신한테도 내가 그런 사람인가요?'

나는 스킨십을 참 좋아합니다.
손을 잡는다든가 포옹하는 것, 입을 맞추는 것,
서로의 몸을 맞대는 것 모두 다 좋아해요.
그럴 때면 믿을 수 없을 만큼 큰 위로를 받곤 해요.
보이지 않는 어떤 힘이 내 안에서 그 사람에게로,
그 사람에게서 내게로 왔다 갔다 하면서.
꼭 휴대폰 배터리 충전하듯
마음과 몸을 충전시켜 주는 느낌이에요.

나는 그의 어깨에 기대 눈을 반쯤 감고 있고, 그 사람은 계속
조몰락조몰락 내 손가락 하나하나를 천천히 어루만져 줍니다.
어깨를 살살 쓸어주기도 하고 머리를 돌돌 말아보다가
뺨을 손등으로 쓱 문질러 주기도 하고.
눈썹에 코에 입술에 가볍게 입맞춤을 해줍니다.
그런 게 내가 가장 좋아하는 터치라는 거 그 사람도 알았거든요.
그래서 내가 특히 피곤해 보이는 날엔 슈크림 같고 마시멜로 같은
스킨십으로 내 피로를 풀어주곤 했습니다.
마술 같았어요.
그럴 때면 나는 나른하게 긴장이 풀어지면서
까칠해졌던 머릿속까지 부드럽게 가라앉곤 했습니다.

가끔 사람들은 마음이 먼저 깊어지기 전에
스킨십을 나누는 것이 과연 좋은지 얘기들 하잖아요.
나는 어쩌면 감각이 결국 감정을
쌓이게 하는 게 아닐까 하고 생각합니다.
만지고 느끼고 그 감각을 기억하고 그리워하면서
사랑으로까지 발전할 수도 있는 거로 생각해요.
첫 키스의 충격적인 느낌 그리고 두 번 세 번….
점점 익숙해지던 그의 손길, 입술….
그 힘이 결국 사랑을 깊어지게 하는 최면에
걸리게 하는 것일 수도 있을 거예요.

헤어져 보니 알겠습니다.
나는 가끔 그 사람의 눈빛보다
그 사람의 감촉이 훨씬 더 사무치게 그립거든요.
이상한 여자 같지만, 다시 뭐가 되지 않아도 좋으니
가끔 그 사람 옆에 누울 수만 있다면 좋겠어요.
그럼 이별의 아픔이고 고통이고 진통제 주사 맞는 것처럼
그럭저럭 달랠 수 있을지도 모르겠어요.
서서히, 완전히 다 잊을 수 있을 때까지.
가끔 그 사람이 날 만져주기만 해도 좋겠습니다.

'마음은 안 된다 하는데,
몸이 자꾸 널 그리워해.
네 감촉, 네 온도, 네 입술 너무 그립다. 정말.'

벌써 단풍이 들기 시작하였네요.
가을이 오면 단풍 보러 설악산에 가기로 했었는데.
나 혼자 TV 뉴스를 보며 알록달록 예쁘게 물든 단풍을
구경하고 있습니다.

그녀는 하고 싶은 게 참 많은 여자였어요.
한번은 미사리에 가서 조정 경기하는 걸 보러 가자고 했고,
고기가 맛있다고 소문이 났다며
의정부 어디쯤 있는 식당에도 가보자고 했어요.
그 흔한 유람선도 얼마나 타고 싶어 했는지 몰라요.
크리스마스에는 복잡한 서울을 벗어나 둘이 꼭 여행을 가자고 했었죠.
다음에 하자, 다음엔 꼭 가자.
나는 자꾸 미루기만 했습니다.
정말 다음에 갈 수 있을 줄 알았거든요.
주말마다 늘 가던 식당에 가고, 늘 보던 영화만 보고 그랬어요.
그것만으로도 물론 즐겁고 좋았지만,
별로 어려운 것도 아니었는데,
게으름 피우느라 하나도 해주지 못한 게 너무 후회됩니다.

그녀는 애인 생기면 해보고 싶은 목록을
수백 가지는 적어 놓은 사람 같았어요.
정말 해주기 싫었던 건 아니에요.
그냥 일이 많아 피곤했고,
주말에는 선배 결혼식 때문에 바빴고.
그러다 보니 자꾸 미루게 되더라고요.
나도 다 해보고 싶었습니다.
하고 싶어도 하지 못하는 날이 이렇게 빨리 올 줄 몰랐거든요.

그녀는 누군가를 만나 하고 싶었던 것들 다 하고 있을까요?
그 생각 하니까 너무 싫습니다.
헤어질 때 헤어지더라도 내가 다 같이 다 해봐야 했는데.
그것 모두 다른 사람과 할 생각하니까….

'우리 딱 석 달만, 아니 딱 한 달만 더 보자.
못 해본 거 모두 해볼 때까지 조금만 더 만나자.'

난 지각을 참 자주 해요.
그러지 말아야지 고쳐야지 하면서도 그게 잘 안 돼요.
몇 시 약속이니까 아직 시간 넉넉하네… 하면서
뭔가 딴짓을 하다가 타이밍을 놓치게 되고.
오늘 문득 나는 사랑을 하면서도 늘 지각했다는 걸 깨달았습니다.

'미안. 늦었다.'
'길이 너무 막히네. 늦어서 미안.'

그 사람 앞에서 난 이런 말을 자주 했어요.
처음에는 봐주고 나중엔 화도 좀 냈고 그다음엔 체념했던 거 같아요.
그렇게 길들여지다 보니,
그 사람은 일찍 와서 날 기다리고 난 10분, 15분쯤 늦게 나타나는 게
우리 사이에 당연한 풍경이 되고 말았습니다.
나중에는 미안하다는 생각조차 별로 하지 못했으니까요.
헤어지자는 말을 주고받던 그 날도 나는 지각했습니다.
그날 내가 지각하지 않았다면
좀 더 부드러운 분위기로 대화할 수 있었을 테고.
그렇다면 우린 끝내 헤어지지 않았을지도 몰라요.
그날까지도 내가 늦는 바람에 그 사람은 더욱 화가 나서,
'우리 사이는 정말 안 되겠구나' 하고 결론지었을지도 모릅니다.

더 거슬러 올라가자면,
사랑도 그 사람이 먼저 시작했어요.
난 해야 하나 말아야 하나 고민하고 주저하다가…
사랑을 하는데도 지각했어요.
그리고 또 난 이별하는 일마저 늑장을 부리고 있어요.
그 사람은 벌써 모두 정리한 거 같은데.
난 모든 게 후회되고 미련이 남아서 자꾸 혼자 뒤돌아보고 있습니다.

그 사람, 10분, 15분 동안 늘 뭘 했을까요?
처음에야 좀 설레었겠지만, 지긋지긋했을 거예요.
이별하고 가장 후회되는 건
그 사람의 수많은 10분, 15분을 허공에 버리게 했다는 거예요.
허망하게 날려버린 10분, 15분이 우리가 함께했던 긴 시간을 몽땅 다
망쳐버린 거 같아서 이제야 나는 사무치게 후회하고 있습니다.

'처음부터 끝까지 늘 기다리게 해서 미안해.
 미안하다는 이 말도 너무 늦어버렸다.'

너무나 슬픈 날입니다.
홍대 앞에 있던 KOD가 문을 닫았어요.
가면 가슴 아파질까 봐 한참 동안 가지 않았는데,
오랜만에 가보니 다른 간판이 걸린 거예요.
분위기 좋은 술집은 여기저기 많지만,
어딜 가야 할지 모르겠더라고요.
황망한 마음에 어쩔 줄 몰라 하다가 그냥 집에 와버렸어요.

8년.
그 긴 시간, 수많은 추억이 몽땅 사라져버린 거 같아요.

오래 입은 청바지처럼 적당히 바랜 분위기가 좋았습니다.
CD가 아니라 LP판으로 음악을 들려주는 것도 좋았고요.
그 사람을 처음 만난 것도 그곳이었어요.
혼자 어디 다니는 거 잘하지 못하는 편인데,
그곳은 혼자서도 가끔 갔었거든요.
구석에 앉아 음악 들으면서 책도 보고 맥주를 마시기도 하고.
그래도 전혀 어색하지 않은 분위기가 흐르는 곳이었어요.

어느 날, 나처럼 혼자 그곳에 왔던 그 사람이 바에 앉아
사장님과 두런두런 얘기를 나누다 말고 내 앞에 와서 앉았습니다.

"저도 혼자 왔는데 같이 잠깐 앉아도 될까요?"

고개를 들던 그 순간부터 알 수 있었어요.

'아, 이 남자를 사랑하게 되겠구나.' 하고요.

마주 앉았던 우리가 처음 나란히 앉았던 의자도 거기 있었어요.
선후배들 잔뜩 모아 몰려가서 크리스마스 이벤트를 한 것도
그곳이었습니다.
그 바에 앉아 화해도 했고 키스도 했고,
수없이 많은 음악을 함께 들었고 사랑한다는 고백도 받았습니다.

Blind Love

이별한 다음,

그리운 마음을 도저히 견딜 수 없을 때는 그곳에 다시 갔어요.

그 사람과 함께 앉았던 의자에 혼자 앉아 청승맞게 울어도 봤었죠.

내게 그곳은….

이루지 못한 사랑의 무덤 같은 곳이었어요.

다 끝난 사랑일지언정 마음이 유난히 시린 어떤 날은

그 앞에 찾아가 위로받고 싶을 때가 있었는데….

이제 어쩌면 좋을까요.

'내 생각날 때 당신도 그 자리에 앉아봤나요?

이제 우리 어떡해요.

서로의 흔적이 그리운 날에는 어디로 가야 할까요?'

오랜만에 연애하는 친구가 말합니다.

"이 남자 좀 이상해.
 만난 지 3개월째인데 손만 잡았다면 믿겠냐??
 키스는커녕 입김도 한번 못 쐐봤다!"

아직 서로를 '누구 씨~', '아무개 씨~'라고 부르고,
손 한번 잡을 때도 친밀하게 깍지 끼는 것까진 엄두도 못 낸대요.
까짓거 네가 먼저 덮쳐버려라.
내가 그렇게 섹시하지 않냐고 앙탈이라도 부려 봐라.
감 놔라 배놔라 충고해 줬지만, 한편으로는 그렇게 천천히
서로를 향해 다가서는 내 친구 커플이 부러웠습니다.
나는 너무 빨리 뜨거워져서 이렇게 빨리 가도 되는지 불안했었고
어쩌면 그것이 결국 우리를 이별하게 한 이유가 아니었을까 하고
아프게 후회도 해봤거든요.

"넌 나 사랑하지 않냐?
 같이 있고 싶어. 제발 같이 있자.
 그냥 키스만 좀 더 하자."

그 사람 만난 지 며칠 지난 뒤부터는 계속 이런 말을 했어요.
때론 나를 어르고 달랬고, 때론 화난 척 삐진 척했지만,
결국은 다 같은 뜻이었겠죠.

'너와 자고 싶어.'

어느 날 처음 손을 잡더니, 그다음은 키스를 원했고,
그다음엔 점점 더 많은 걸 원했습니다.
나도 좋았고 나도 원했지만, 좀 급하다 싶었어요.
난 솔직히 그럴 때 딱 잘라 거절하는 법을 잘 모릅니다.
좀 더 지나니까 그 사람은 나와 영화를 보거나
맛있는 걸 먹으러 다니는 일에는 별 재미를 못 느끼는 거 같았어요.
나는 때론 그냥 눈만 보며 얘기해도 좋았고,
지금 내 친구의 커플처럼, 손만 잡고 거리를 걸어도 충분히 좋았습니다.
우린 마치 거래하듯 두세 번은 내가 원하는 그런 종류의 데이트를 하고,
두세 번은 그가 원하는 종류의 밤을 보내곤 했습니다.
애써 외면하려 했지만, 그런 걸 마음속으로 계산하고 있다는 자체가
서로에게 불편함으로 쌓여갔겠죠.

그렇게 확 뜨거워졌으니 식은 다음에는
더 차갑게 느껴졌는지도 모르겠습니다.
너무 빨리 뜨거워졌던 것만이 이별의 이유는 아니었겠죠.
그와 내가 끝내 헤어졌다면, 흔히 말하듯 인연이 아니었던 거겠죠.
다음번에 또 연애하게 된다면 새끼손가락 내밀면서
이렇게 말해보고 싶어요.

'만난 지 석 달 지나서 손잡기!
일곱 달 되는 날 키스하기! 약속!!'

"야 인마, 만날 바쁜 척하지 말고 오늘은 시간 좀 내라.
 늦어도 되니까 오늘은 보자 그냥. 기다린다."

바쁘다고 하면 두 번 안 조르고 끊는 사람인데, 무슨 일 있나.
이상한 예감이 들더라고요.
몇 달 만에 보는 거 같아요.
언제나 그렇듯 오빠는 내가 좋아하는 반쪽짜리 치즈 케이크와
커피를 사 들고 회사 앞에서 기다리고 있습니다.
말하지 않아도 내가 뭘 좋아하고 뭘 싫어하는지 다 아는
거의 유일한 남자.
애인보다 편하고 친구보다 믿음직스러운 존재.
오빠는 내게 참으로 오랜 세월 동안 그런 존재였습니다.

"야 인마, 나 결혼한다. 너한테 제일 먼저 얘기하는 거야."

이상한 예감 역시 이런 건 참 잘 맞아떨어져요.

'야~ 어쩜 나보다 빨리 가냐, 의리 없게. 너무한다, 진짜~'

장난처럼 말하려고 했는데 내가 들어도 뭔가 어색하게 들려요.
목소리도 좀 떨리는 거 같고 표정도 굳어져요.

후회하다. 잊은 듯 흩어지는 그리움에

오빠가 눈치채면 어쩌죠?
언젠간 당연히 그럴 거로 생각했지만,
이렇게 빨리 이럴 줄은 몰랐거든요.

오래전에 오빠에게 고백을 받았던 적이 있어요.

"네가 좋아."

딱 그 말 한마디였는데, '나도 그래.'라고 대답해주진 못했어요.

"에이, 왜 그러셔.
 나 같은 여자 만날까 봐 겁난다고 할 때는 언제고~"

하면서 장난처럼 넘겨버렸어요.
나한테 오빠는 남자는 아니었거든요.
워낙 오래된 우리 사이 금 갈까 봐 겁이 났었어요.
오빠도 그건 싫었나 봐요.
그냥 서른다섯까지 시집 못 가면 자기한테 오라고.
구제해 주겠다고 그러고 말았어요.

이제 밤에 전화해서 술 사달라고 졸라대는 거 하면 안 되겠죠?
비 많이 오는 날 택시 안 온다고 좀 와달라고
투정 부리는 것도 그만해야겠죠?
한 달 후에 정말 결혼한대요.
웃으면서 축하해줄 자신이 없습니다.
벌써 이렇게 가슴이 아파 미칠 거 같은데.
결혼식장에 걸어 들어가는 오빠 모습, 차마 볼 자신이 없습니다.

**'서른다섯 되면 오빠한테 오라며… 이러는 게 어딨어.
이렇게 빨리 이러는 게 어딨어?'**

오랜만에 회전 초밥집에 갔습니다.
목을 쭉 빼고 다음엔 뭐가 지나가나 기다리고 있는데,
벌써 세 접시나 비운 친구가 안 먹고 뭐 하냐고 묻네요.
돌아가는 거 쭉 본 다음 골라 먹겠다고 했더니, 혀를 끌끌 차는 거예요.

"야, 그러다 맛있는 거 다 떨어져~
 네가 그러니깐 연애도 못 하는 거야~
 더 좋은 거 나오기 기다리다 그나마 맛있는 거 다 놓치고~
 그게 네 연애 인생이잖아"

얄밉지만, 반박하지 못했어요.
그 말, 꼭 맞는 말이었거든요.

느슨하게 걷는 자세가 무척 섹시해 보이는 남자.
처음 만났을 때부터 마음이 끌렸어요.
내가 좋아하는 극장을 그 사람도 알고 있었고,
내가 가끔 가는 작은 와인바를 그 사람도 가본 적이 있대요.
우리는 통하는 게 참 많았습니다.
이러다 다시 사랑을 하겠구나, 설레고 즐거웠죠.
그런데요, 결론만 말하자면 잘 안 됐어요.

제 안에 속물근성이 훨씬 더 크게 자리 잡았거든요.
그 사람, 늦은 나이에 계속 공부하느라 돈이 별로 없었어요.
결국, 별것도 아닌 일을 핑계로 헤어지자는 말을 꺼냈지만,
우리 헤어짐의 이유는 단 하나.
그에게 돈이 없다는 거, 그거였어요.
그 사람도 다 알았을지 몰라요.
아마도 몇 년 후에는 나보다 훨씬 예쁘고 현명한 여자 만나서
보란 듯이 팔짱 끼고 내 앞을 지나갈지도 몰라요.
그럼 난 이미 지나간 회전 초밥 접시 쳐다보듯
입맛을 다시며 허한 속을 달래야겠죠.

주말에 선을 보라네요.
어느 병원 페이닥터래요.
조건 좋다는 그 남자.
저 회전 초밥 돌림판을 내 앞에서 딱 멈춰줄 수 있을까요?
하느님이 계신다면 이런 기도도 들어주셨으면 좋겠습니다.

'키 크고 호감형에 좋은 직장 다니고,
 자상하고 섬세하며 저만을 사랑해줄 남자.
 제발 좀 보내주시면 안 될까요?'

가끔 누군가 물어옵니다.

'지금까지 연애 몇 번 해봤어?'

잠깐 생각하다가 대충 이런 식으로 대답하죠.

'굵게 세 번. 가늘게 두어 번?'

대답하기 그리 어려운 질문은 아니에요.

'지금까지 살면서 사랑을 몇 번 해봤어?'

라고 물어온다면 좀 달라져요.

뭐가 사랑이고 그냥 연애와는 어떻게 다른 건지 설명할 순 없지만,
그런 질문 앞에서는 딱 한 사람 얼굴밖에 떠오르지 않거든요.

연애할 땐 보고 싶다고 생각했지만,
사랑을 할 땐 보고 싶어서 죽을 것 같았습니다.
그래서 보러 달려갔어요.
달려가면서도 이러다 정말 심장이 터져 죽을 수도 있겠구나.
순간순간 그런 생각을 했습니다.
연애가 끝날 땐 슬펐지만,
사랑을 접어야 했을 땐 슬퍼서 죽을 것 같았습니다.
아침에 깨어나는 게 무서웠어요.
터질 것 같았던 심장이 이번엔 매일매일 조금씩 오그라들기 시작했어요.
너무나 괴로워서 다시는 사랑하지 말아야지 마음먹었습니다.

인생은 만들어가는 거라지만,
살면서 한번쯤 운명이 끼어든다고 생각해요.
그게 사랑이라는 거겠죠.

나는 단 한 번 그런 경험을 한 후에
누구도 예전 그녀만큼 사랑하지 못했습니다.
그래서 늘 미안해하는 사람이 됐습니다.
자주 멍하니 딴생각을 하는 사람이 됐고,
늘 외롭다고 생각하는 사람이 됐습니다.
이게 행복한 건지는 모르겠네요.
그냥 이기적으로 생각하면 사랑에 휘둘리지 않아서
조금 편해진 거 같기는 해요.

다 주고, 미친 듯이 달려가고, 하나밖에 생각하지 않고.
당장 죽을 것처럼 사랑했던 그런 시절이 정말 내게 존재했던 걸까?
아득한 환상처럼 느껴질 때가 있습니다.

'우리는 어쩌면 다시는 그런 사랑을 못 할 수도 있겠지.
먼 훗날의 어느 저녁 가슴을 열어 보면,
끝내 지우지 못한 네 웃음이
잔잔히 흐르고 있을지도 모르겠어.'

오늘은 6월 16일입니다.
공휴일도 아니고 기념일도 아닙니다.
그 사람 생일이에요.
달력에 동그라미가 그려져 있는 것도 아닌데,
왜 까먹지도 않는 걸까요.
나 건망증 참 심한데, 이날은 왜 아직 기억이 날까요.

재작년엔 좋은 선물 못 사줘서
작년에는 큰맘 먹고 좀 비싼 선물을 했어요.
갖고 싶어 하던 시계, 눈여겨 봐뒀었거든요.
이렇게 비싼 걸 왜 사 왔냐며 한참 걱정하더니,
그날 이후 그 사람은 매일같이 그 시계만 차고 다녔습니다.
볼 때마다 참 뿌듯했는데…
지금도 그 사람 손목에는 내가 선물한 시계가 채워져 있을까요?

내 생일날도 잊지 못할 추억이 있어요.
회사 앞에 갑자기 찾아와 차 트렁크를 여는 거예요.
풍선들이 주르륵~ 날아갔습니다.
영화에서 많이 본 유치한 장면이었지만, 참 행복했습니다.
내 생각하면서 풍선도 사러 가고 바람도 넣고,
트렁크에 하나하나 채우고 그랬을 거 아니에요.

일 년에 두 번, 서로의 생일엔 아무리 바쁜 일이 있어도
다 제쳐두고 꼭 함께했습니다.
그러지 말 걸 그랬어요.
그냥 평범하게 지나갔으면 오늘이 무슨 날인지
좀 더 일찍 잊을 수 있었을 텐데 말이에요.

그 사람, 오늘은 뭘 했을까요?
새로 사귄 애인과 둘만의 파티를 했을까요?
그냥 별일 없이 처량하게 집에 들어갔을지도 몰라요.
혹시 나처럼 작년 오늘의 기억들을 떠올리면서
술이라도 마시고 있는 건 아닐까요.

그 사람의 생일처럼 아직 잊히지 않는
그 사람의 전화번호를 눌러 놓고 조용히 혼자 말해 봅니다.

'생일 축하해. 오늘이 무슨 날인지 기억나 버렸어.
너한테도 내 생일은 잊히지 않는 날이니?'

드디어 차를 샀습니다.
36개월 할부로요.
서강대교, 한남대교를 지나 양평 미사리까지 긴 드라이브를 해봅니다.
잘 나가네요.
기분 좋게 시승식을 하는데 이상하게 그녀 생각이 납니다.
헤어진 지 한참이나 지났는데 왜 갑자기 그녀 생각이 나는 걸까요?

그녀를 만날 때마다 생각했습니다.
내가 빨리 차를 사야 편하게 데이트를 할 텐데….
그녀는 그런 내 속을 뻔히 알았던 건지,

'걷는 거 참 좋다.', '난 걷는 거 아주 좋아해.'

그런 말을 자주 했어요.
두세 정거장은 그냥 걸어 다니고,
늘 앉을 자리도 없는 버스밖에 못 태워줬어요.
멋진 차 사서 꼭 드라이브 해주고 싶었는데,
끝내 그러지 못했습니다.
배고프다고 할 때는 떡볶이와 김밥 같은 것밖에 사주지 못했어요.
근사한 레스토랑에서 스테이크와 랍스터도 사주고 싶었는데,

내게 돈 없는 거 뻔히 아니까,
자기는 떡볶이와 쫄면이 세상에서 제일 맛있다고 웃으며 먹어줬습니다.

밤새 구운 CD와 장미꽃 한 다발을 내밀었을 때는
세상에서 가장 귀한 걸 받은 것처럼 감격스러운 눈빛을 돌려줬습니다.
나중에 비싼 생일선물 많이 사주겠다고 한 약속도 못 지켰네요.
그녀는 참 고달픈 시절의 나를 만나
그녀에게 고생스러운 추억밖에 만들어주지 못했습니다.

이제 그녀에게도 좋은 차 태워주고 비싼 선물 사주는
새 애인이 생겼겠죠.
아주 가끔은 우리 가난한 추억의 노래들을 들으면서,
'아, 그런 시절이 있었지.' 하고 생각에 잠길까요?
지금도 그녀를 사랑하는 건 아닙니다.
그냥 그 시절의 우리로 딱 하루만 되돌아갈 수 있다면,
약속했던 거 다 해주고 싶습니다.

**'나는 너만 생각하면 미안하고 또 미안하다.
가난했던 나라도 사랑해줬던 거, 고마웠어.'**

맑은 날은 그냥 넘어가겠는데….
비나 눈이나 하늘에서 뭔가 내리는 날이면
내 감정을 나도 어떻게 다스리질 못하겠어요.
자꾸 어떤 사람의 얼굴이 떠오르고 영화 필름처럼 찌직 툭툭 끊기면서
추억 속에 묻혀 있던 어떤 장면들이 떠오르고 그래요.
요즘 자꾸 뭐가 내리네요.
비가 왔다 눈이 왔다 오락가락하는 게….
쨍쨍한 날이 며칠 안 돼요.
지금도 창밖을 내다보며 청승 떨고 있어요.
창문 저 밖에는 어깨를 감싸고 허리에 팔을 두른 채
찰싹 달라붙어 걷는 커플들이 여럿 보입니다.
그 사이로 오래전 그 사람과 내 모습도 희미하게 겹쳐 보여요.
창문 열고 달려나가면 다시 손에 잡혀줄 거 같아요.
그리운 시절들의 우리가 뿌연 진눈깨비 속에서
참 다정하게도 걸어가고 있습니다.

비나 눈이 오는 날이면 사랑하는 사람들의 거리는 더 가까워집니다.
우산 하나를 같이 쓰려고 찰싹 달라붙게 되고,
우산이 없으면 서로의 몸을 감싸주려고
더 다정하게 부둥켜안게 되잖아요.
나도 그랬거든요.

어떤 날은 비 맞고 꽁꽁 얼어붙은 나를 녹여주겠다면서 두르고 있던
머플러로 내 몸을 칭칭 감은 다음 꼭 끌어안아 주기도 했어요.
바로 코끝에서 느껴지던 서로의 입김.
걸을 때마다 맞부딪치던 뺨의 감촉.
허리를 감싸고 어깨를 감싸주던 따뜻한 손가락.
헤어진 지 이미 오래지만,
그때의 감촉이나 기운들은 내 몸속에 아직 남아있나 봐요.
그래서 이렇게 하늘에서 뭔가 내리는 날이면
어쩔 수 없이 자꾸 그때 생각이 나나 봐요.

맑은 날은 멀쩡하다가도 비 올 때만 되면 관절이 쑤신다는 할머니들처럼,
머리로는 잊었어도 몸이 기억하는 추억의 여운들이 살포시 되살아나요.
그 사람 손이 닿았던 어깨가 근질근질해지고,
그 사람 입김이 닿았던 뺨이 욱신거려서,
창밖을 내다보면 뿌옇게 내리는 진눈깨비 사이로 오래전 꼭 감싸 안고
서로를 녹여주던 우리 모습이 천천히 멀어져가고 있는 게 보이곤 합니다.

'해 뜨면 괜찮아지겠죠.
 저 창밖에 보이는 오래전 우리 모습,
 당신한테도 가끔 나타나나요?'

"지금은 헤어졌어도 그때 열심히 사랑한 걸 후회하지 않는다.
 이별은 아팠지만, 당신을 만난 거 절대 후회하지 않는다."

이런 식의 말. 다 진심일까요?
내 인생에는 돌아보면 후회되는 연애투성이입니다.
그때는 그렇게 잘생겨 보이고 다리도 길어 보였던 남자.
지나고 보니 머리 비어 보이는 백치미였고,
다리가 좀 긴 대신 머리가 많이 컸던 게 생각나요.
그때는 의리 있고 남자다운 사람이라 믿었는데,
지나고 보니 늘 친구들 말에 이리저리 휘둘리고 별 의지 없이 놀면서
대학 시절을 보낸 사람이었구나 생각되기도 해요.
이런 생각 어차피 내 얼굴에 침 뱉기지만,
냉정하게 생각해 볼수록 나는 참으로 사람 보는 눈이 없었고,
앞으로의 인생에 좋은 영향을 끼칠 만한
바람직한 연애를 하는 데 소질이 없었습니다.

자기최면을 거는 데 능했어요.
사랑을 위한 사랑….
스물 한두 살의 사랑이라면 마땅히 이 정도는 푹 빠져 줘야 한다.
머리로 하는 게 아니다. 열정을 불태워야 진짜 사랑이지.
그 시절의 연애는 그런 최면으로 가득 차 있었습니다.

우연히 스친 강렬한 눈빛 한 번에 서로가 서로를 발견했다고 믿었고,
한 번 더 부딪치면 운명이라 최면을 걸었습니다.
내가 믿고 싶은 대로 믿고, 내가 보고 싶은 것만 보면서
언젠간 뻥 터져버릴 환상에 갇혀 무모한 연애만 했습니다.

지금은 좀처럼 사람에게 정착하지 못하는 날 보고,
다들 우스갯소리처럼 그래요.

"너 아직도 정신 못 차렸냐~?"

그런 거 같아요.
정신을 차리지도 못하고, 그렇다고 그때처럼 미치지도 못하고.
이러지도 저러지도 못하면서 세월만 보내고 있습니다.
나는 그래서… 연애를 제대로 할 줄 몰랐던
옛 시절이 점점 더 후회스럽습니다.
그러면서도 어쩌면 무턱대고 누군가에게 빠져들 수 있었던
그때가 무작정 그리운 걸지도 모릅니다.

'다들 짝 만나 잘살고 있다면 내가 문제였던 거겠지.
나는 끝내 행복해지는 연애를 아직도 못하고 있으니까.'

돌아가신 할머니가 갑자기 보고 싶어져서 눈물이 날 때가 있어요.
늘 보고 싶긴 했겠지만, 그냥 마음 한구석에 담아두고 있다가
어느 날 갑자기 콸콸 쏟아져 나올 때가 있는 거죠.
그런 날에는 소리 내서 꺼이꺼이 울어도 봅니다.
그러다 보면 나는 지금 단지 할머니가 보고 싶어서 우는 건지,
그냥 서러워서 우는 건지 점점 헷갈리게 되죠.
모든 게 그럭저럭 맘에 들고 살 만할 때는 무엇에 대해서든
누구에 대해서든 그립다는 생각이 사무치게 끓어오르진 않아요.
그러고 보면 '그립다'는 감정,
사는 게 서럽고 더럽고 이것저것 힘들어 죽겠을 때 일종의 핑계처럼
복받쳐 오르는 간사한 감정일 수도 있겠다는 생각이 듭니다.

나는 지금 그 사람이 몹시도 그립습니다.
마음 한구석에 담아 두고는 있었겠죠.
그런데 오늘 또 고장 난 수도꼭지가 갑자기 콸콸 뚫린 것처럼
대책 없이 보고 싶어졌어요.
나를 안아 주던 따뜻한 팔의 감촉이 너무너무 그립고,
눈빛은 더 그립고,
내 이름을 불러주던 낮은 목소리는 정말 더 그리워서
눈물이 막 쏟아지려고 해요.

회사에서 엄청나게 깨지고 퇴근한 날 저녁에도
그 사람이 뺨 한 번 쓰다듬어 주면 심장이 다시 녹녹해졌습니다.
꼴 보기 싫은 누군가 때문에 스트레스받은 날에도 그 사람 앞에서
재잘재잘 떠들다 보면 스르르 가라앉기도 했어요.
나한테 연애는 위로였나 봐요.

오늘은 1년에 몇 번 있을까 말까 할 만큼 대책 없이 힘든 날이었고,
그래서 나는 그 사람이 몹시도 그리워진 것뿐입니다.
이건 일종의 착각이에요.
오늘따라 사는 게 더 힘들게 느껴지는 것뿐인데,
그 사람이 그리워 죽을 거 같다고 착각하는 거예요.
고비만 넘기면 괜찮아질 거예요.
오늘 밤만 참으면 돼요.
난 잘 참는 편이거든요.
혼자 이렇게 삭이다 보면 금방 아침이 올 거예요.

'참을성이 없는 사람이었다면 너를 향해 달려갔을 거야.
차라리 그럴 수 있는 사람이었으면 좋겠다.
보고 싶어 죽을 거 같아.'

여자들은 가끔 그런 말을 합니다.

'나한테 잘하는 남자가 가장 좋은 건데, 바보처럼 그때는 왜 몰랐을까?'

나한테도 그런 남자가 있었어요.
참 착하고 자상하고 좋은 남자란 건 알았지만, 왠지 심심했어요.
심장이 쿵쾅쿵쾅 뛰어주질 않았거든요.

아프지도 않은데 아프다고 거짓말하고,
약속을 몇 번이나 번복해도 화를 내지 않았습니다.
어떤 때는 일주일쯤 잠수를 타고 전화를 받지 않아도 다 봐줬어요.
친구들과 늦게까지 술 마시고 놀다가 택시 타기 무서우면
괜히 전화를 걸었어요.

"애들이랑 지금 헤어졌어. 후… 집에 어떻게 가냐~"

혼잣말처럼 툭 던져봅니다.
그 말 한마디면 달려 나올 거란 거 알았거든요.
다른 일 때문에 힘든 건데.
애꿎은 그 사람한테 화풀이도 막 했어요.
말도 안 되는 핑계로 토라지고 짜증 내고 그랬어요.

그 사람은 그냥 한 발짝쯤 떨어진 자리에 서서
내가 다시 웃어 주길 가만히 기다렸어요.
그런 그 사람이 참 재미없었습니다.
싫증 났어요.
그 사람 떠날 때도 나 참 잔인했어요.

"너를 사랑한 적 없었어."

그 후로도 몇 번의 연애를 했습니다.
헤어지고 아파하고 만나고 또 헤어지고.
그러다 보니 내가 어느새 그 남자를 그리워하고 있는 거예요.
어떤 남자도 그 사람처럼 나를 사랑해주진 않았거든요.
계산하지 않고 거짓말도 하지 않으면서,
내 계산 내 거짓말은 알아도 다 봐주고 그런 남자.
그 사람밖에 없었거든요.

그 사람… 이젠 나를 다 잊었겠죠?
염치 불고하고 딱 한 번만이라도 말해보고 싶습니다.

'네 옆으로 다시 돌아가고 싶어. 나 좀 받아줄래?'

딱 맛있게 훈제된 연어 샐러드 위에 레몬즙을 뿌리고 있는데
친구가 묻습니다.

"너 언제부터 그렇게 연어 샐러드를 좋아했냐?"
"맛있잖아. 난 밥 다음으로 이게 제일 맛있더라."

밥 다음으로 맛있는 게 연어 샐러드라니….
대체 언제부터 그랬는지 문득 생각해 봅니다.
그 사람 때문에 연어 샐러드를 알았어요.
밥 다음에 연어 샐러드가 좋다고 그 사람이 말했던 게 기억나요.
연어 샐러드 먹는 법과 함께 그 말도 배웠나 봐요.
콩처럼 생긴 거 두 개에 하얀 소스 한 스푼을 섞어 먹어야 맛있다고
그 사람이 처음 알려줬어요.

혀에 살짝 달라붙는 연어살 맛에 아랫배까지 새콤해지는 느낌.
그 사람이 아니었다면 마흔 살이 넘을 때까지도 몰랐을 수 있겠죠.
이걸 먹을 때마다 그 사람 생각에 가슴이 먹먹해져도,
새로 만난 남자가 치킨 샐러드나 또 다른 샐러드를 시킨다는
사실만으로도 그에게 실망하게 되는 이상한 버릇을 갖게 되어 버렸어도.
그냥 모르고 사는 게 좋았을 거란 생각은 하지 않습니다.
참 좋은 맛이 세상에 있다는 걸 알게 된 거니까요.

자기 전에 '척 맨지오니'의 〈산체스의 아이들〉을 들으면
잠이 잘 온다는 것도 그 사람 때문에 알았어요.
자전거를 잘 타게 된 것도 그 사람 때문이었어요.
그 사람 덕분이었어요.

일부러 안 먹고 일부러 안 듣고.
유치하지만, 그랬던 날도 있습니다.
이제 이렇게 아무렇지 않은 거 보면 더 이상 그 사람을
사랑하는 건 아닌가 봅니다.

사랑 덕분에 내가 조금씩 멋져졌잖아요.
그것만으로도 참 좋은 거겠죠.
그 사람한테도 꼭 한번 물어보고 싶네요.

'당신도 나 때문에 더 멋져졌나요?'

너무 답답해서 점을 보러 갔습니다.
한 번도 본 적 없는데, 불쑥 뭐라도 붙잡고 싶다는 생각이 들었습니다.
일 얘기, 가족 얘기, 이것저것 묻다가
정말 물어보고 싶었던 그 사람 얘기를 꺼냈습니다.
우리는 어떻게 되는 걸까요?
그 사람 인생, 지금은 좀 고단하고 힘들지만 언젠가는 잘 풀릴까요?
고민을 털어놓듯 주절주절 다 말했는데,
'내 인생에 도움이 안 되는 사람이라고, 옆에 계속 있으면
 내가 힘들어질 테니 만나지 않는 것이 좋다'고 합니다.
타고난 외로움 '천고'를 타고난 사람이라
주변 사람도 외롭게 한다는데….
돈 욕심도 없어서 여자 고생시킬 스타일이래요.
솔직히 나도 다 느끼고 있는 것들인데,
막상 다시 확인하니 가슴이 더 답답했습니다.

점 봐주시는 분 말씀이,
대부분 사람이 꼭 물어보는 질문이 남녀 관계 이야기라고 합니다.
결혼한 사람이나 안 한 사람이나, 애인이 있는 사람이나 없는 사람이나
언제쯤 짝을 만날 수 있을지, 만났다면 얼마나 잘 맞는 사람인지,
앞으로는 어떻게 되는지 늘 그런 것들을 묻는다고 합니다.
다들 참 답답한가 봐요.

어쩌면 사람들은 평생 마음속에
흔들리지 않는 확신을 하기 힘든 건가 봅니다.
그럼 본인이 연애하실 때도 상대가 연분인지 아닌지 다 보이시겠네요?
하고 물었더니, 그분마저 그런 말씀을 하셨어요.
다 보여 봤자 소용없다고, 결국은 마음 가는 데로 끌려갈 수밖에
없는 것이 남녀 관계 같다고 본인도 이리저리 방황하고 흔들리고
어쩔 수 없었다고 하십니다.
답을 얻으려고 간 것도 아니고,
정답을 알려줘도 그대로 따라가지 못한다는 것은 알고 있었습니다.
지금은 너무 사랑하지만, 왠지 우리는 해피엔딩은 아닐 것 같다는
불안감이 늘 나를 쫓아다녔어요.
할 수 없죠.
점쟁이조차 어쩔 수 없는 것이 사랑의 감정이라는데,
머리로 따지고 재고 그래봤자 다 소용없을 겁니다.
그냥 다 털어놓고 나니까 맘은 좀 후련해집니다.

'자꾸 흔들려서 미안해. 너도 가끔 그렇겠지?
 내가 당신 짝인지 아닌지,
 우리 사랑의 결말은 어떤 모습일지 당신도 궁금하지?'

사람 관계라는 건 결국은 다 비슷하다고 생각했습니다.
우정도 선후배 관계도, 연애마저도 시간이 지나면 밑바닥엔
비슷한 감정이 남는 것이라고 믿었어요.
친구끼리도 어릴 땐 티격태격 툭하면 토라졌지만,
오래 지나고 나면 서로 너무 잘 아니까 그냥 봐주고 맞춰주게 되잖아요.
가끔은 너무 가까운 사이라 함부로 대하기도 하죠.
그런 것들을 섭섭하게 마음에 담아 두고 있었다면,
오랜 친구로 남아있지도 않았을 겁니다.
모나고 뾰족했던 부분들이, 부딪쳐도 서로 상처받지 않게
부드러워지고 무뎌지고 길드는 것.
사람 관계라는 건 다 그런 것이라고 믿었습니다.

남녀 사이도 결국 오래 지나면 의리로 가는 것으로 생각했습니다.
싸우고 상처 주고 돌아서 울기도 하면서 힘든 밤을 보내도 봤고,
어려운 일 있을 땐 등 두들겨 주며 힘이 되어 주었어요.
돈 없을 때는 먹여주고, 외로울 땐 같이 잠들어주고….
그렇게 쌓아온 날들인데, '사랑이 식었다', '감정이 식었다'
이런 말 한마디 툭 던진다고 끝나버리면, 인생이 너무 허무하잖아요.
그렇게 쉽게 등 돌려버리면
내 옆에 남아있는 사람이 몇 명이나 되겠어요?

그런데 그 사람 마음은 나와는 다른가 봅니다.
나와 쌓아온 의리는 하루아침에 사라져버려도 상관없나 봅니다.
헤어지자는 말 듣고도 설마 했었는데,
우리 정말 이대로 끝난 것 같습니다.
어떻게 이럴 수가 있죠?
지금 잠깐 눈이 멀어 금방 후회할 짓을 저지르는 걸 거예요.
나한테 이렇게 상처 주고, 사람이 정말 이러면 안 되는 건데
어쩌자고 이러는지 모르겠습니다.
크게 다툰 다음 몇 달 동안 연락 한 번 없다가
다시 풀고 친해진 친구도 있습니다.
그런데 이건 아니에요.
모든 것을 다 주고, 참고 기다리며 쌓아온 날들인데,
이렇게 의리 없이 나를 잘라버리면 상처가 너무 커서
영영 아물지 않을지도 모릅니다.
구겨진 휴지 버리듯 던져버리면,
정말 죽어도 용서하지 못할 것 같습니다.

'남자는 의리라고. 너도 그랬잖아.
나한테도 의리 지켜. 나한테 이러면 너 정말 벌 받을 거야.'

사랑은 노력만으로는 되지 않는다고 하지만,
살다 보면 노력이라도 해봐야지 하고 마음먹게 될 때가 있습니다.
만나다 보니 조금씩 익숙해져서

'사랑까지는 아니더라도 그 비슷한 마음이라도 생기겠구나.'
하고 믿어보고 싶었습니다.

기분 안 좋아 보인다면서 놀이공원을 데려와 줬어요.
솜사탕 먹으면서 퍼레이드도 보고, 소리도 지르고
웃고 그러다 보니 좀 시원해졌습니다.
사실 4년을 한 남자와 만나면서 이런 곳에 와본 적 한 번도 없었어요.
왜 우린 그 오랜 시간을 만나면서 이렇게 흔한 데이트 장소를
한 번 못 와 봤을까? 새삼 가슴이 먹먹해졌습니다.

인형 가게에 사람만 한 큰 인형이 있길래,

"와~ 진짜 크다."

한마디 했더니 바로 달려가 사 들고 나옵니다.
인형은 딱히 좋아하지 않는 편인데, 그래도 사주니까 기분 좋네요.

내가 오랫동안 사랑했던 어떤 남자는
한 번도 내게 인형을 안겨준 적 없었습니다.
생일이나 특별한 날 작은 선물은 받아봤지만,
무심코 내뱉은 내 말 한마디를 듣고
한걸음에 달려가 사 들고 온 적은 한 번도 없었어요.
여름이 오면 자기와 함께 좋은 데 여행 가자고 하네요.
필리핀에 예전에 다녀온 리조트,
그곳을 나와 꼭 다시 가고 싶다고 합니다.
비행기며 숙소며 다 자기가 알아서 한다고, 몸만 가면 된다고 하네요.

"그때 스케줄 보고요." 하면서
좀 새침하게 인사하고 돌려보냈습니다.

여행, 생각해보니 사랑했던 그 사람과는
그것도 제대로 한 번 해본 적이 없네요.
만나는 중 2년은 군대에 가 있었고,
부대에 가끔 찾아가는 게 여행 비슷한 거였을까?
둘이서 비행기 타고 어딘가로 떠나본 적은 한 번도 없었습니다,
우리는….

내가 지금 어떻게든 사랑해보려고 노력하는 사람은
놀이공원도 데려가 주고, 곰돌이 인형도 사주고,
나와의 여행을 상상하며 행복한 표정을 지어줍니다.
내가 오랫동안 사랑했던 어떤 남자는 그 어떤 것 하나도 해주지 않고,
끝내 날 아프게 하면서 떠나버렸는데….
나는 왜 그 사랑이 아직도 멈춰지지 않는 걸까요?
사랑이 노력만으로 되는 것이라면 얼마나 좋았을까요?
그럼 정말 내 앞에 나타난 이 남자를 사랑할 수 있게
있는 힘껏 노력해볼 텐데요.
아무리 노력해도 안 될 것 같다는 불길한 예감이
또 한 번 마음을 무겁게 짓누릅니다.

'나는 왜 너를 아직 사랑하고 있을까?
아껴주지도 않고, 먼저 변해 버리고, 혼자 잘살고 있을…
너라는 남자를 사랑하면 이상한 건데,
왜 멈춰지지 않는 걸까?'

연애를 한 번도 못 해본 친구가 있어요.
그 흔한 짝사랑 한번 제대로 못 해봤다고 해요.
'몇 살쯤 되면, 적어도 사랑을 몇 번은 해봐야 정상'이라고
정해져 있는 건 아니지만, 이 나이 먹도록
남자를 사랑해 본 적도 없고 만나본 적도 없다는 게
신기하다 싶을 때도 있습니다.
보기에는 귀엽고 여성스럽고 충분히 매력적인데….

나도 모르게 한숨을 푹 내쉬며,

'아 외롭다.'

한마디 했더니 멍하게 바라보던 친구가

'이런 질문 이상할지 모르겠는데, 외롭다는 건 어떤 기분이야?
그냥 우울한 거랑은 다른 거야?' 하고 묻습니다.

연애 경험 없다는 건 알고 있었지만,
막상 그런 질문을 받고 보니 뭐라고 대답해야 할지 모르겠습니다.

바다를 한 번도 본 적 없는 사람이,
'바다가 보고 싶다'는 말을 이해할 수 없겠죠.
눈 오는 걸 한 번도 본 적 없는 사람은,
'오늘 펑펑 함박눈이 왔으면 정말 좋겠다.'라는 말은 안 해봤을 텐데….
사랑을 한 번도 해보지 않은 사람은 당연히 몰랐을 겁니다.
항상 둘이 함께 있다가 갑자기 혼자 버려진 것 같은 황망한 외로움.
누군가가 보고 싶어서 가슴이 타들어 가는 듯한 고통.
당연히 느껴본 적 없을 겁니다.

아픔도 없었겠지만, 사랑이 시작될 무렵
세상이 온통 반짝반짝 빛나 보이던 경험도 못 해봤겠죠?
술 한 잔 안 마셨는데도 세상이 빙글빙글 돌아가는 것 같던 꿈 같은 키스,
그게 어떤 건지 모를 텐데….
혼자보다 둘이 함께 보는 노을이 얼마나 아름다운지,
함께 걷는 오솔길은 얼마나 폭신한지 아무것도 느껴 보지 못했을 겁니다.

한때는 죽을 만큼 아픈 고통이기도 했지만,
사랑을 해봐서 다행이란 생각이 들었습니다.
여전히 불쑥불쑥 아프고 괴로울 때가 있지만,
그래도 사랑을 해보기 전의 세상으로
돌아가고 싶지는 않다고 생각했습니다.

'너를 잃고 얼마나 아파했는지만 생각했는데,
너를 만나 얼마나 행복했는지 기억이 났어.
사랑이 얼마나 감동적인 거였는지
하마터면 다 잊을 뻔했다.'

파마를 했습니다.
구불구불 강하게 말린 머리에 서비스로 메이크업까지 받았더니,
불과 두 시간 전의 나와는 전혀 다른 사람이 앉아 있습니다.
더 예뻐졌는지는 모르겠어요.
아직은 어색하기만 합니다.
그런데 오랜만에 변신이라는 걸 해보니, 기분이 나쁘진 않네요.
유치하게 실연의 아픔을 파마로 달래보는 중입니다.
몇 년 동안 고수해왔던 내 긴 생머리와 함께,
몇 년 동안 지켜왔던 사랑도 툭툭 잘려나간 느낌.
잠깐의 착각이라 해도 이런 기분 때문에 다들 이별하고 나면
미용실을 찾는 건가 봅니다.

그 사람, 나의 생머리를 참 좋아했습니다.
맨 처음 내게 건넨 말이 "단발머리가 잘 어울리시네요."였습니다.
지나가는 말로, "나도 파마해볼까?" 한마디 하면,
자는 동안 몰래 다 풀어 버린다고 아예 시도도 못 하게 했어요.
내 머리를 귀 뒤로 넘겨주는 걸 좋아했습니다.
손가락으로 머리카락을 돌돌 말았다 폈다 하면서
장난치는 것도 좋아했어요.
비가 많이 내리던 날, 머리가 흠뻑 젖었는데 손수건을 꺼내
정성스레 한 올 한 올 물기를 닦아주기도 했습니다.

머리카락 하나하나마다 그 감촉들이 찰랑거립니다.
얽힌 추억들이 아직 가시지 않은 샴푸 향기처럼
은은하게 남아있습니다.
이 파마가 풀릴 때쯤에는 완전히 다 잊을 수 있을까요?
어서어서 자라서 완전히 다른 머리카락으로 바뀔 때쯤엔
추억이며 감촉이며 다 사라져 줄까요?

프로필 사진에 완전히 바뀐 얼굴의 사진을 올려놓습니다.
혹시라도 그 사람이 들어와서 보지 않을까 상상하면서요.
유치하다고 생각하겠죠.
헤어지자마자 고작 이런 짓이나 한다고.
그렇다고 달려가서 소리칠 수는 없으니까,
답답한 마음 다 털어놓지는 못하니까,
이렇게라도 뭔가 말하고 싶습니다.
이제 네가 좋아했던 내 머리카락은 다 잘라 버렸다고.
너 같은 거 금방 잊을 수 있다고 아무렇게나 말하고 싶습니다.

'지금 내 모습 당신이 보면 짜증 내며 싫어하겠지?
나도 내가 아닌 것 같은데,
다시 돌아와서 예전의 나로 잡아 줄래?'

아직 갈 길이 멀지만, 몇 년 동안 고생하며 준비해오던 일이
결국 잘 풀리고 나는 조금씩 안정을 찾기 시작했습니다.
통장에 잔고도 쌓여 가고, 좋은 차도 한 대 샀습니다.
대출받았던 돈도 다 갚고, 꽤 괜찮은 오피스텔로 독립도 했습니다.

"고생하더니 이제 잘되는구나."

다들 기뻐해 줍니다.
나도 너무 기쁘고 좋은데….
잘되는 거 가장 보여주고 싶었던 사람이 옆에 없는 것이
이렇게 아플 수가 없습니다.

몇 년 동안 돈 한 푼 제대로 못 벌고 공부만 하던 내 옆에
그녀가 있어 줬어요.
밥도 사주고 옷도 사다주고 가끔은 차비까지 내주면서
아무것도 없는 나를 뒷바라지해줬습니다.
때로는 미래가 너무 깜깜하고 무서워서 도망치고 싶었고,
능력 없는 나 자신이 지긋지긋해서 견디기 힘들었습니다.
그럴 때마다 착한 그녀를 많이 울게 했어요.

내 기분 좋을 땐,

"나중에 내가 다 갚을게."
"세상에서 제일 행복한 여자로 만들어 줄게."

큰소리치다가도 내가 미칠 것 같은 날에는,

"너도 네 갈 길 가라."
"내 옆에 있다가 네 인생도 어떻게 될지 모르니 그냥 가버려라."

그렇게 못된 말들을 모질게 한 적도 많습니다.
그녀는 서서히 지쳐가더니 어느 날 정말 가버렸습니다.
한 번도 그녀를 원망한 적 없습니다.
그런데 요즘은 그녀가 좀 원망스러워지네요.
조금만 더 참지. 그럼 내가 진짜 다 갚고 행복하게 해줄 수 있었을 텐데.
한참 동안 고생만 하다가 그렇게 가버린 그녀가 원망스럽습니다.
울고불고 매달려서라도 그녀를 붙잡아 두지 못한 나도
새삼 더 미워집니다.

괜찮은 여자가 있는데 만나보라고, 선 자리가 한두 개 들어오네요.
아직은 그러고 싶은 마음이 생기지 않습니다.
그녀한테 미안해서요.
지금 누군가를 만나면, 좋은 차로 데려다주고
기념일에는 갖고 싶어 하는 핸드백도 하나 사줄 수 있을 텐데….
그녀한테는 하나도 못 해준 것들을
다른 사람한테 해주기가 왠지 죄스럽게 느껴집니다.
바람 따라 나한테까지 흘러들어온 소문 한 자락에는,
그녀가 곧 결혼할 거라는 소식이 걸려 있었어요.
따뜻한 목도리를 둘러도 한없이 춥기만 한 것은
영하의 날씨 때문만은 아닌 것 같습니다.

'행복해라. 꼭 행복해져라.
내가 못 해줬던 거,
두 배, 세 배, 몇 배로 보상받으면서 잘사는 모습,
내 눈으로 봐야 너를 잊을 수 있겠다.'

사람들로 가득 찬 백화점 식품센터였지만,
한눈에 그녀를 알아볼 수 있었습니다.
벌써 5, 6년쯤 지난 것 같습니다.
그 많은 사람 중에 그녀의 얼굴이 저절로 줌인이 되어
내 앞에 멈춰 섰습니다.
똑딱똑딱 흐르던 시곗바늘도 그 순간 잠시 정지해버리고,
우리는 그렇게 서로를 발견했습니다.

'너… 야… 와… 참나…'

이런 어정쩡한 감탄사밖에 나오지 않았습니다.
그녀와 헤어질 때 참 아팠던 기억은 나는데,
뭐 때문이었는지는 생각이 잘 나지 않았어요.
5년 혹은 6년이라는 시간은 많은 것을 잊게 하는 시간이었어요.

"결혼은 아직"이라고 합니다.
"너는?"하고 묻는데,
"난 곧 할 것 같아."라고 대답하는 게 왠지 미안했습니다.

후회하다. 잊은 듯 흩어지는 그리움에

이 근처 사는 건 아니고, 근처 왔다가 선물 사러 들렀다고 하네요.
5, 6년 만에 만나는 옛 연인끼리는 어떤 대화를 나눠야 할까요?
잘 모르겠더라고요.
그냥 그런 대화를 나누며 우리는 서로를 찬찬히 들여다보고,
웃고, 당황스러워하고 그랬습니다.
멀리서 그녀를 보았을 땐 하나도 변하지 않은 줄 알았습니다.
가까이서 보니 많이 변했네요.
늘 반짝이던 빛은 많이 퇴색해 있었고,
중국 빵처럼 부풀어 올라있던 볼살도 좀 가라앉아 있었어요.
수줍어서 눈도 잘 못 맞추던 성격이었는데, 이젠 넉살도 좋아졌네요.
나보다 더 자연스럽게 안부를 묻고
능숙하게 농담도 던지고 그랬습니다.

곧 다시 시계는 흐르고 우리는 서로 가던 길을 향해 돌아섰습니다.
'변해 버린 옛사랑의 모습에 실망했다.'는 말을 하고 싶은 건 아닙니다.
부딪히고 깎이면서 조금씩 변해 왔을 그녀의 지난 세월이
왠지 안쓰럽게 느껴졌습니다.

영원히 지켜주고 싶었던 순수했던 시절의 사랑이었습니다.
얼마 가지 못해 그 사랑은 깨졌고, 나는 그녀를 지켜주지 못했습니다.
누구나 세월이 가면 변하지만, 그녀가 변한 것을 끝내
옆에서 지켜주지 못한 것이 내 탓인 것만 같아서
밑도 끝도 없이 미안한 마음이 들었습니다.

'나는 너에게 어떻게 보였을까?
그때 그리고 지금,
그사이 서로 모른 채 흘러간 세월의 흔적들,
네 눈에도 보였겠지?
반가웠다, 그리고 애틋하고 슬펐다.'

시간은 정말 사람의 마음에 마술을 부리는 건지
후회와 분노, 수없이 되뇌었던 모진 말들은
다 어디로 갔을까.
늦은 밤에도 문득 보고 싶다며 달려와
나를 바라보는 눈빛이 얼마나 나를 행복하게 했는지,
우산 속에서 폭 감싸 안아주는 손길이
얼마나 큰 위로가 됐었는지
당신 때문에 알게 되었다는 게 다시 기억나 버렸다.
사랑하고 사랑받아본 추억이 있다는 게
참 다행이구나.
상처로 닫혀있던 마음이 스르르 열리고
희미하게 미소 지을 수 있을 때쯤,
어느 골목 모퉁이에서
또 다른 설렘과 마주치게 될지도 모른다.

PART
05
흔들리다.
사랑했던 기억으로

오랜만에 그와 마주쳤습니다. 2년쯤 된 것 같아요.

"오랜만이야. 잘 지냈어?"
"이게 얼마 만이야. 살 좀 찐 것 같네? 보기 좋다."
"이렇게 보니까 너무 반갑다."

진심으로 반가웠습니다.
한때는 하루가 멀다고 만났던 사람.
지금은 이렇게 오랜만에 마주쳐도
마음껏 반가워할 수조차 없는 사이가 되었네요.
그는 A의 죽마고우였어요.
내가 A의 애인이던 시절엔 내 친구이기도 했었죠.
이별하고 난 뒤 '그'라는 좋은 친구를 잃었다는 상실감은
애인을 잃은 것만큼이나 큰 것이었습니다.

"시간 있으시면 같이 밥 먹을래요?"

씩씩하게 다가와 내게 처음 말을 건넨 건 A가 아니라 '그'였습니다.
그 옆에 A가 서 있었죠.
그날 이후 난 늘 두 남자와 함께였습니다.
한 명은 애인이 됐고, 한 명은 친구가 됐거든요.

애인이 군대에 갔을 땐 그와 함께 면회하러 갔습니다.
기차를 타고 가면서 달걀도 까주고,
내가 몰랐던 애인의 어린 시절 얘기도 들려줬어요.
애인과 다투기라도 하면 난 내 친구보다 그를 먼저 찾았어요.
그때마다 지겨운 내 투정 다 받아줬어요.
어쩌면 난 내 애인보다 그와 더 많은 추억을 나눴을지도 몰라요.

연애는 또 다른 인간관계를 만들곤 합니다.
애인의 친구 또는 누나나 동생, 심지어 부모님과도
정을 나누는 관계가 됐는데,
어느 날 덜컥 이별하게 되면 참으로 마음에 들었던
친구도 누나도 동생도
한순간에 다시 남이 되어버리잖아요.
이별은 그래서 더 쓸쓸한 건지도 몰라요.
다시 그와 마주친다면 꼭 말하고 싶습니다.

'우리 그냥 계속 친구 하자.
사랑했던 남자는 잊었는데, 넌 못 잊겠어.'

"오늘 시간 있음 저녁 같이 먹을래? 거기에서 7시 어때?"

그로부터 문자가 왔네요.
길게 설명하지 않아도 거기가 어딘지 아는 익숙한 사이.
그와 내가 이렇게 편한 사이가 될 수 있을 줄 몰랐습니다.
헤어진 애인과 친구로 지낸다는 거 말도 안 된다고 생각했었거든요.

'우리 헤어져도 친구로 지낼 수 없을까?
 너와 그냥 이대로 모르는 사이 되는 건 난 싫어.
 넌 진짜 쿨해서 좋겠다. 난 못 하겠는데.'

얼마 전까지만 해도 '사랑해', '보고 싶어.' 하면서
키스하고 어루만지던 애인 사이가
하루아침에 쿨한 친구 사이가 된다는 거 우습다고 생각했습니다.
이 남자는 정말 내게 미련이 손톱만큼도 없나 보다.
그런 생각밖에 들지 않았어요.
친구로 지내자는 그의 말, 섭섭하고 기분 나빴습니다.

헤어지고 1년 만에 그를 다시 만났어요.
선배의 결혼식에 그는 오지 않을 줄 알았는데 왔더군요.

"오랜만이다. 스타일이 많이 바뀌었네? 좋아 보인다."

헤어질 때 그랬던 것처럼 쿨하게 인사를 걸어오는 거예요.
그런데 신기하게도 반갑더군요.
오래 못 만난 친구를 다시 만난 것처럼
그동안 일부러 바쁘게 지냈거든요.
생각할 틈도 없이.
그리워하거나 슬퍼할 틈 없이 그렇게 1년을 보냈어요.
그러는 사이 나도 모르게 내가 많이 변했나 봐요.
그를 보고 자연스럽게 웃을 수 있었어요.
사람들과 어울려 맥주도 한잔 마시고
이런저런 얘기를 나누다 헤어졌습니다.
그날 이후 우리는 가끔 문자도 하고 밥도 같이 먹는 사이가 됐습니다.
더 이상 가슴이 두근거리진 않아요.
그의 얼굴을 보는 게 그냥 편하고 기분 좋습니다.
이럴 수도 있구나. 절대 안 되는 건 없는 거구나 싶었어요.

스물아홉 해를 사는 동안 26년을 그와 나는 정말 모르는 사이였고,
2년은 사랑하는 사이였습니다.
그리고 또 1년은 다시 모르는 사이로 살았어요.
앞으로 긴 세월 10년 20년?
어쩌면 더 많은 세월을 우리는 '친구'라는 사이로 지내게 되겠죠.
빨리 답 보내줘야겠네요.

'오늘 저녁? 거기서 7시? 오케이~'

다들 커플이네요.
커다란 튜브를 같이 타고, 정신없이 노는 한 쌍도 남녀 커플.
우리 바로 옆자리에 텐트를 쳐놓고 낮잠을 자는 커플도 보이고,
손잡고 아이스크림을 먹으며,
모래사장을 걷는 커플도 한둘이 아니에요.
어쩜 이렇게 몽땅 다 커플일까요.
나와 친구만 여자끼리 온 것 같아요.
난 아직 남자와 단둘이 여행 와 본 적 없는데….
이런 곳에 단둘이 올 정도면 보통 사이가 아니겠죠?

펜션 앞마당에는 불을 피워놓고
바비큐를 해먹을 수 있는 테이블이 있어요.
우리는 그냥 귀찮아서 컵라면 끓여 먹었는데.
창밖을 내다보니 옆방 커플들은 참 다른 밤을 보내고 있네요.
어깨 넓은 멋진 남자 친구는 애인을 위해 맛있게 고기를 구워주고,
여자 친구는 샐러드에 와인을 준비하고,
그러더니 둘이 밤새도록 소곤거리고 쓰다듬기도 하면서
아주 영화를 찍는 거예요.

난 작년에도 혼자 일본 여행을 다녀왔습니다.
비행기 표도 싱글로 예약하고 호텔도 비싼 싱글 차지를 내면서
예약했지만, 혼자 다니는 게 뭐 싫지는 않았어요.
마음에 안 맞는 사람과 같이 다니느니
혼자 다니는 게 편하다는 주의거든요.
그런데요, 애인과 둘이 여행하면 훨씬 좋은 뭔가가 있나 봐요.
하나같이 너무나 행복한 표정이에요.
남자 친구와 함께 여행한다는 게 부럽다기보다는
그렇게까지 가깝고 편한 사이의 연인이 있다는 게 부럽습니다.
난 누구를 사귀면 별로 오래가지 못하는 편이거든요.
속전속결 이것저것 무서운 것도 많고, 맘에 걸리는 것도 많아서
금방 헤어지고 마는 연애밖에 못 해봤거든요.

같이 밥을 차리고,

같이 기차나 비행기를 타고,

밤에는 함께 별을 보며 잠들고,

양치질도 같이 하고,

그래도 될 만큼 한없이 편한 사이….

그런 애인이 나도 있었으면 좋겠어요.

나 요리 잘하는데,
내년 여름쯤엔 바닷가 예쁜 펜션 식탁 위에
단 한 사람만을 위한 요리를 차려놓고
모닝 키스를 나누는 추억 꼭 만들어 보고 싶네요.

'자기야, 내가 김치찌개 끓였어. 얼른 먹어 봐.'

PART 5

아까부터 창가 쪽에 혼자 앉아 있습니다.
책도 읽다가 멍하니 창밖도 내다보고 그러네요.
누구를 기다리는 것 같지는 않은데.
그냥 차 한 잔 마시러 혼자 온 건가 봐요.
보다 보니 옆선이 참 곱습니다.
뺨이 통통한 게 귀여운 얼굴이에요. 코도 오뚝하게 예쁘고요.

'잠깐 같이 얘기할까요?' 하고 말을 걸었는데,
'왜요?'라고 물으면 뭐라고 해야 하죠?
그러니까 아름다우시고 그냥 말해 보고 싶어서요.
안 되겠네요. 더듬거릴 것 같아요.
은영아! 너 은영이 맞지?
괜히 한번 이렇게 해보는 건 어떨까요?
쌀쌀맞게, '사람 잘못 보셨는데요?' 하고 가버리면 또 어째야 하죠?
잘못 봤네요. 이것도 인연인데, 통성명이라도….
휴 너무 속보이겠죠?

PART 5

어떻게 하면 자연스럽게 말을 붙일 수 있을까 고민했습니다.
한 시간을 그러고 있는 동안 그녀는 가버렸네요.
애인이 있을지도 몰라요.
망신당할지도 모르는데, 말 안 붙이길 잘했죠, 뭐.

처음은 아닙니다.
늘 결론은 말 안 붙이길 잘했다는 거예요. 바보같이….
용기 있는 자가 미인을 얻는다는데.
미인과 함께 있는 남자들은
그럼 이런 순간 다들 용기 내서 말을 걸었던 걸까요?
나도 한번쯤 용기 내보고 싶습니다.
사나이로 태어나 길 가다 만난 맘에 드는 여자에게
말 한번 못 붙여 봤다는 건 참 서글픈 일 같아요.
다음번 사랑은 꼭 내가 먼저 용기 있게 다가가 시작해보고 싶습니다.

'그쪽이 맘에 듭니다.
 저도 맘에 드실지 한번 만나 보실래요?'

드디어 그 사람과 첫 키스를 했습니다.
그런데 난 내내 딴생각만 했어요.
오늘은 꼭 들어가서 반신욕도 하고, 내일 세탁소 맡길 옷들 정리해야지.
이런 말도 안 되는 생각만 했어요.
그리고 빨리 키스가 끝났으면 좋겠다고 생각했어요.
이럴까 봐 두려웠습니다.
왠지 예감이 그랬거든요.

여자는 눈이 마주쳤을 때, 한 번을 발견하고.
입술이 마주치고 살이 맞닿았을 때, 두 번째 발견을 합니다.
처음이 머리로 하는 발견이라면,
두 번째는 자신도 어쩌지 못하는 본능적인 느낌일 거예요.
'이 사람을 진짜 사랑할 수 있겠구나'라는
그 순간 심장이 먼저 알게 되거든요.

첫눈에 설렌 건 아니지만, 좋은 사람이라고 생각했습니다.
두 번 세 번 만날수록 마음이 더 열렸어요.
이런 사람이라면 믿어도 되겠다.
뜨겁진 않더라도 오래오래 친구처럼 같이 걸어갈 수 있는 사람이겠다.
점점 좋아졌어요.

몰래 상상도 해봤습니다.
이 사람이 날 만진다면 어떤 느낌이 들까?
심장이 빨리 뛰진 않더라고요.
어느 땐 상상만으로도 얼굴이 막 빨개지고,
가슴이 콩닥콩닥 뛰고 그러거든요.
그런데 이번에는 그렇지가 않네요.

이제 데이트하고 헤어질 때마다 키스해야겠죠?
두 번째는 좀 괜찮아질까요?
너무 좋아서 머리가 핑핑 돌고 어지러울 정도는 아니더라도
쓸데없는 생각을 하진 말아야 할 텐데… 어쩌면 좋을까요.

'나는 당신이 참 좋아졌다고 생각했는데… 미안해요.
내 심장은 나만큼 당신이 좋지 않은가 봐요.
내 맘이 내 맘대로 안 돼요.'

여자가 무거운 가방을 끌고 공항을 나서는 순간
어디선가 빵빵 소리가 납니다.
두 팔 벌려 활짝 웃으며 한 남자가 그녀를 맞아요.
남자는 여자를 와락 끌어안아 준 다음
무거운 캐리어를 트렁크 안에 넣습니다.
이런 것들 여자들이 한번쯤 꿈꿔 보는 하나의 로망이죠.
나도 오늘 처음으로 해봤어요.
몇 시 도착이라고 정확히 얘기하지도 않았는데, 그가 나와 있네요.
게이트를 나서는데 저만치서 손을 흔드는 그가 보이는 거예요.
낯선 얼굴들 속에 탁 눈에 들어오는 익숙한 얼굴을 보니
긴장이 확 풀립니다.
눈물이 날 것처럼 따뜻한 반가움이 피어 올라오네요.

우리는 권태기였어요.
여름휴가도 반납했었는데 너무 답답해서
그냥 훌쩍 휴가계를 쓰고
초가을의 외로운 여행을 다녀오는 길이에요.
우리가 어떻게 될까, 어디로 흘러갈까 생각이 많을 줄 알았는데,
의외로 그리 많은 생각을 하진 않았습니다.
그냥 멍하니 바람만 쐬다 왔어요.

"피곤하지?"
"괜찮아. 언제 왔어?"
"금방. 별로 기다리지 않았어. 가방 이리 줘."

가방을 받아드는 그 사람 손길, 향기 이렇게 좋을 수가 없네요.
온통 낯선 것들에 둘러싸여 있다가 돌아와서 그런 걸까요?
돌아와 처음 보는 얼굴이 익숙한 그의 얼굴이어서 좋았습니다.
그의 허리를 폭 감싸 안고,
대수롭지 않은 얘기를 나누며 걷습니다.
생각이 많았던 쪽은 내가 아니라 그였을지도 몰라요.
그는 늘 있던 자리에서 내 빈자리를 보며 많은 고민을 했을지도 몰라요.
무거운 짐 가방을 들고도 하나도 무겁지 않다는 듯 웃고 있는 모습을
보면 고민의 결과가 어떤 건지, 말하지 않아도 알겠네요.

공항에는 많은 연인이 있습니다.
함께 떠나는 연인. 이별하는 연인 그리고 우리처럼 '재회'하는 연인.
공항에 푸석푸석했던 관계들을 왠지 애절하게 만들어주는 뭔가가 있어요.
특히나 '재회'의 경우라면 더 말할 것도 없겠죠.
다시 내 구역으로 돌아온 느낌입니다.
그리고 그는 여전히 내 구역에 속한 사람입니다.

'또다시 권태기가 온다면, 떠나자 우리.
대신 너무 길지 않게, 다시 그리워질 때쯤
꼭 돌아와 주기다.'

한동안 안 듣던 음악이 갑자기 듣고 싶어져서 CD들을 다 뒤졌습니다.
책꽂이에 뒀나? 차에 뒀나?
이 방 저 방 있을 만한 데를 다 뒤져도 없는 거예요.
한참 동안 생각도 안 했었는데, 아무리 뒤져도 안 나오니까
이상하게 더 듣고 싶은 거 있죠. 지금 당장 그 노래를 안 들으면
어디 탈이라도 날 거처럼 안달하게 되는 거예요.
결국 못 들었습니다.
아마 잠도 곱게 오지 않을 거예요.
그냥 그런가 보다 하고 넘어가면 될 텐데,
이럴 때 보면 내 성격이 참 못됐나 봐요.

헤어지자는 말을 내가 먼저 하게 될 줄 몰랐습니다.
죽고 싶을 줄 알았는데, 한편 평온해졌어요.
이상해진 건 그 사람 쪽입니다.
그냥 좀 복잡해서 생각할 시간이 필요했던 건데,
왜 마음대로 결론 내리냐며 버럭 화를 내고 계속 전화를 걸어옵니다.
받지 않으니까 집 앞으로 찾아오기도 해요.
늘 그 자리에 있는 줄 알았는데,
어느 날 갑자기 사라진 CD 한 장이 날 집착하게 한 것처럼.
그 사람도 순간 비슷한 감정을 느끼게 된 걸까요?

"생각할 시간이 필요했다"고 했지만,
그거 아니었다는 거 알아요.

슬금슬금 피하고 전화도 안 받고 그게 벌써 한 달째예요.
내가 마침표 찍지 않았다면
이대로 말없이 잊히는 사이가 됐을지도 몰라요, 우린.
어떻게 붙잡아야 하나. 이대로 버려지면 어떻게 살아야 하나.
계속 고민하느라 살까지 쏙 빠졌었는데,
버려지는 날짜를 스스로 앞당기고 보니
신기하게도 속이 좀 시원해지더군요.
그런데 상황이 뒤바뀌면서 그 사람 속이 불편해진 거죠.
내가 늘 그 자리에 있어 줄 줄 알았나 봐요.
하긴 나도 내가 그럴 줄 알았습니다.
우리 둘 사이에 양보하고 기다려주는 건 늘 내 몫이었거든요.

무슨 생각으로 먼저 손을 놔버릴 용기를 냈는지 모르겠지만,
어쨌든 저지르고 나니 상황이 참 이상하게 전개됩니다.
잘 모르겠습니다.
잔뜩 흔들리다가 제자리로 돌아온 그 사람.
받아주는 게 맞는 건지….
어렵게 결정한 마음, 이대로 지키는 게 맞는 건지 헷갈리기만 합니다.

'매달려 줘서 다행이란 생각 안 들어.
있을 땐 소중한 줄 모르더니, 간다니까 이러는 너,
그거 사랑 아니야. 흔들지 마라, 더는….'

나는 바로 지난주까지도 그 사람을 잊지 못한 채 살고 있었습니다.
지금은 내가 내 마음에 배신감을 느낄 만큼, 감쪽같이 잊어가고 있어요.
잊는다는 표현보다는 그 사람 생각으로 가득 차 있던 자리가
다른 사람 생각으로 덮어씌워졌다는 게 맞을 것 같아요.
불과 일주일 만에 나는 그전의 나와 너무도 달라져 있습니다.

'시간이 지나면 서서히 잊혀지는 거야.' 라는 건
어쩌면 틀린 말일지도 모르겠어요.
1년이 넘도록 그리움, 원망, 보고 싶은 마음…
사실은 거의 같은 크기였어요.
기분에 따라 조금 작아졌다 커졌다 느껴졌을 뿐이에요.
그런데 한순간에 다른 마음으로 덮어씌워지더라고요.
너무 순식간에 내 마음속에서 몰아내 버린 게
미안한 마음이 들 정도예요.

처음 만나던 날부터 예감은 했습니다.
자려고 누웠는데, 그날 우연히 알게 된 새로운 남자의 얼굴이
계속 생각나는 거예요.
이상했어요.
그 자리에는 1년이 넘도록 분명 다른 사람의 얼굴이 있었거든요.

그 후로 며칠간은 두 남자의 전화를 동시에 기다렸습니다.
안 올 줄 뻔히 알면서도 습관처럼 기다리던 옛 남자의 전화,
그리고 새로 만난 또 다른 남자의 전화.
새로운 기다림이 오래된 기다림을 서서히 밀어내다가
마침내 한쪽만 남더라고요.

불면증이 없어졌습니다.
전화기를 만지작거리면서 더 이상 쓸쓸한 표정도 짓지 않아요.
보고 싶은 친구도 많아졌고, 다시 잘 웃게 됐습니다.
잊는다는 건… 이렇게 쉬운 거였네요.
너무나 어렵고 고통스러운 일이었는데,
어쩜 이렇게 감쪽같이 기억이 안 날까요?

‘당신도 아프게 떠올리던 누군가가 있었다면,
내가 그 자리를 덮어씌워 주고 싶어요.
정말 괜찮아져요.
나는 지금 당신 때문에 너무나 괜찮아졌거든요.’

스테이크를 먹는데, 내 접시를 가져다가 먹기 좋게 썰어줍니다.
캔 커피를 마실 때는 손가락으로 캔 뚜껑을 똑 따서 내 손에 쥐여 줘요.
추우니까 미리 나와 있지 말고 자기가 전화하면 나오라는 말을
만날 때마다 잊지 않습니다.
걸어갈 땐 늘 찻길과 맞닿아 있지 않은 안쪽에 나를 서게 하고,
높은 굽을 신었을 땐 계단이 나올 때마다 손을 잡아줘요.
친구한테 조잘조잘 그런 얘길 다 했더니,

"야야, 네가 연애를 너무 오래 굶었구나~
 남자들 처음에 그 정도는 다 해~"

그러네요.
하긴, 전에도 그전에도 다들 그 정도는 해줬던 거 같아요.
그보다 더한 배려도 받아봤고요.
오랜만에 연애해서 그런가 봐요.
작고 사소한 배려에도 고마운 마음이 쌓이고.
아, 이제야 내가 좋은 남자를 만났구나.
왈칵 감동이 밀려옵니다.
친구는 계속 더 지켜봐야 아는 거라며, 너무 앞서가지 말래요.
맞는 말이죠.

내가 그 사람 짝인지 그 사람이 내 짝인지
서로를 좀 더 겪어봐야 아는 거겠지만, 지금은 마냥 좋네요.

쉬지 않고 연애하는 사람이 있는가 하면,
오래 쉬었다가 어렵게 다시 연애를 시작하는 사람도 있습니다.
쉬지 않고 연애하는 부류의 사람들을 보면
부럽다는 생각이 들 때가 있었는데,
그게 꼭 좋은 것만은 아니겠네요.
얼마나 고마운지 얼마나 따뜻하고 감사한 일인지
모르고 지나갈 때가 많을 거예요.
그래서 비슷한 실수를 반복하고 비슷한 이유로
또 이별하기도 하더라고요.
만나고 사랑하고 이별하고… 그렇게 한 단락의 연애를 끝낸 다음
조용히 혼자 지내는 시간을 갖길 잘했단 생각이 들어요.
오랜만에 다시 연애해보니 알겠어요.
이건 내가 참아야겠구나. 양보해야겠구나.
이렇게 해주는 거 참 고마운 거구나. 내가 더 잘해야겠구나.

예전의 나보다 좀 더 현명하게 성장한 나 자신을 느끼게 됩니다.
스스로 대견하기도 해요.
내 속이 편하니 그게 상대한테도 전해지나 봐요.
나를 보는 그 사람 눈도 편안해 보입니다.

'좀 더 일찍 만나지 않아서 다행이네요.
둘 다 부딪쳐보고,
아파본 다음 만나게 돼서 참 다행이에요.'

타임머신이라도 탄 것처럼
과거의 어느 날로 시간여행을 떠나게 될 때가 있습니다.
10년 만에 온 춘천, 갑자기 오게 된 출장길에서 뜻하지 않게 나는
10년 전 까까머리에 여드름투성이로 첫사랑에 빠져있던
열여덟 살의 나를 만나게 됐습니다.

한 여학생을 좋아했습니다.
매일 버스에서 보게 되는 아이였는데, 좀 새침한 스타일이었어요.
아침마다 비몽사몽 간에 타고 가던 버스였지만,
그 애를 알고부터 버스 안에서의 30분은
그렇게 맑은 정신일 수가 없었습니다.
겨울방학을 며칠 앞둔 어느 날, 용기를 내서 말을 걸었어요.

"저기요. 저, 아시죠?" 하며 생긋 웃어 주었습니다.
그리고 우리는 친구가 됐습니다.

그해 겨울방학 우리는 춘천에 갔습니다.
경춘선 열차를 타고 가면서 참 많은 얘기를 나눴어요.
굽이굽이 우리가 지나온 철길, 산, 반짝이는 강을 함께 바라보면서요.
우리는 춘천 호숫가의 예쁘다고 소문난 곳을 찾아갔습니다.

흔들리다. 사랑했던 기억으로

추워서 볼도 귀도 떨어져 나갈 것 같았지만,
눈 덮인 그곳은 너무 예뻤고,
무엇보다 그 애가 내 곁에 있다는 사실이 너무 좋았습니다.
거짓말처럼 사람이 하나도 없던 그곳에서
눈 장난을 하고 뛰어다니고 넘어지고,
그러다가 그 애가 갑자기 그랬습니다.

"여기를 언제 또 와보게 될까? 오늘을 우리는 기억할 순 있을까?"

그날을 기억하긴 했는데, 그날 이후 한 번도 그곳을 못 가봤습니다.
아마 그때의 소년과는 너무 다른 모습으로 자라서 그런 것 같습니다.
미끈하게 뻥 뚫린 요즘 춘천으로 가는 고속도로처럼 말입니다.

내 가슴속의 그 애가
여전히 강물처럼 반짝이는 머릿결을 가진 소녀인 것처럼
그 아이 기억 속의 나도 언제까지나 소년이겠죠.
또 십 년쯤 지난 어느 날, 춘천에 온다면
그때도 우리는 소년 소녀인 채 이곳에서 뛰어놀고 있을 것 같습니다.
이런 아련한 추억 하나쯤 가슴에 품고 살 수 있다는 건,
인생을 참 따뜻하게 해주는 것 같습니다.

PART 5

'또 만나자 내 첫사랑의 소녀.
열심히 살다가 어느 날 문득 오래전 너와 나의 미소로부터
위로받고 싶은 날이 오면, 그때 우리 또 만나자.'

나는 내가 멀티플레이어형 인간인 줄 알았습니다.
밥을 먹으면서 책을 보기도 하고,
컴퓨터엔 한 번에 두세 개의 창을 띄워 놓은 채,
메신저도 하다가 일도 하고 검색도 했습니다.
그래서 한 번에 두세 가지 일을 해낼 줄 아는 사람이라 생각했었는데,
모두 착각이었나 봅니다.
혹시 내가 두 가지 일을 훌륭하게 해낸 적이 있다면,
그래도 될 만한 일들이었을 겁니다.
그런 것이 상관없을 만큼 내 인생에서 중요하지 않은 일들이었을 겁니다.

하나에 빠지면 온 정신을 다 뺏기며 사는 사람이라는 것을
이제야 깨달았습니다.
사랑이 끝나고 나니 덩그러니 아무것도 없네요.
몇 달 연락하지 않는다고 끊어질 사이가 아니라 믿었던
단짝은 그동안 입원을 했었다고 해서,
'어디가 아파서?'라는 친구답지 않은 질문을 던지자,
사고가 났었다고 하네요.
왜 진작 연락 안 했냐며 펄펄 뛰었더니,
뭐 좋은 일이라고 연락하냐고,
아무한테도 연락 안 했으니 진정하라고 하네요.

다른 사람은 몰라도 나한텐 해야 했던 사이였어요, 우린.
그러고 싶지 않게 한 건 나였을 겁니다.
엄마는 나이 드시면서 부쩍 멀리 사는 이모와 자주 만나십니다.
만나면 뭐하시냐고 물었더니,
뮤지컬 공연도 보고 바다도 보러 가신다고 하십니다.
두어 달에 한 번씩은 꼭 만나신다는데….
딸내미 손 잡고 같이 가고 싶었지만,
늘 바빠 보여서 그냥 이모와만 만나셨대요.

내가 이런 상황을 만든 건데, 친구에게도 섭섭하고 엄마도 원망스럽네요.
나 없이도 그렇게나 잘 견뎌내고 잘 지내왔다니
꼭 내가 먼저 버림받은 것처럼 외로워진 기분이 듭니다.
끝나고 나니 한 줌 흔적조차 남지 않는 사랑이라는 게
뭐 그렇게 대단한 거였을까요?

'사랑에 혼이 팔려 돌아보지 못했던 세상은
 나를 내려놓고도 잘 굴러가고 있었지만,
 나는 무릎이라도 꿇고 사죄하고 싶은 마음입니다.'

처음으로 친구를 보여줬는데, 친구가 보자마자 대뜸,

"너 예전 사귀던 사람이랑 되게 비슷하다.
 분위기도 비슷하고 많이 닮았는데!" 합니다.

난 전혀 아니라고 생각했는데, 다른 사람 눈에는 비슷해 보이나 봅니다.
눈, 코, 입 다 다르게 생겼는데
그런 것과는 상관없이 비슷한 무언가가 있나 봅니다.

친구들이랑 쇼핑하러 가면 서로서로 지적하기 바쁩니다.

'누가 자기 스타일 아니랄까 봐.
 너 옷장에 열 개쯤 걸린 옷을 뭐 하러 또 사려고?' 이러면서요.

그게 꼭 쇼핑에만 적용되는 것은 아닌가 봅니다.
내 친구가 만나는 남자를 봐도
어쩜 저렇게 자기가 좋아하는 스타일만 골라서 만날까?
그런 생각을 할 때가 있었습니다.

헤어질 때 많이 아팠던 경우에는
'다시는 저런 사람 만나지 말아야지.' 하고
마음먹어 보지만, 그게 잘 안 되는 건가 봅니다.
끌리는 사람을 만나면 어딘가 모르게 비슷한 구석이 있는 것을
곰곰이 생각해보니 이번에도 그렇긴 하네요.
사람 바라볼 때 눈빛이 왠지 비슷하고,
웃을 때 입 모양이 좀 닮은 것도 같고,
화나면 말로는 아니라고 해도 자꾸 창밖만 내다보는 버릇도 비슷하고,
예전에 만났던 그와 닮은 곳이 꽤 많네요.

참 신기합니다.
누가 시키지도 않았는데, 왜 꼭 첫사랑이나 혹은 옛사랑과 비슷한
다른 사람들에게 자석처럼 끌리는 걸까요?
그것만 봐도 사랑은 머리에서 생각하는 대로 되는 게 아니라는 것을….
뭔가 맞지 않아 아프게 헤어졌으니,
잘되고 싶다면 예전과는 완전히 다른 사람을 만날수록 좋을 텐데,
끌리는 비슷한 사람을 만나면
마음 아프게 헤어지게 될까 봐 덜컥 겁이 나고,
전혀 다른 사람을 찾아보자니 마음이 영 가지 않아
어떻게 해야 할지 모르겠습니다.
뭐가 맞는 건지, 사랑은 하면 할수록 도무지 어렵기만 합니다.

'나도 혹시 당신 예전의 그녀와 닮았나요?
사랑은 아프게 끝냈던 옛사랑과
닮아가지 않도록 노력해요, 우리.'

실연을 겪고 난 다음 딱 1년이 흘렀습니다.
아침에 눈 뜨는 것조차 끔찍할 만큼 버티기 힘들었던
하루하루가 있었는데,
지나고 보니 시간 참 빠르네요.
1년간 많은 일이 있었는데, 생각해보니 전부 좋은 일이었어요.
몸이라도 좀 움직이면 마음이 달래지려나 싶어서 시작했던
수영을 7개월째 계속하고 있어요.
눈에 띄게 건강해지고 날씬해졌어요.
일 끝나면 데이트하느라 바빴는데,
남는 시간을 어쩌지 못하다가 일본어 학원에 다니기 시작했어요.
그것도 벌써 몇 개월째네요.
연말에 오사카 여행을 다녀왔는데,
몇 마디 일어로 얘기하는 나를 보고 같이 갔던 친구가 그러네요.

"이런 걸 전화위복이라고 하는구나.
 걔랑 헤어지지 않았으면 네가 수영에, 일어에 어디 시작이나 했겠어?
 멋있다, 야."

그래요, 정말. 전화위복.
지난 1년은 내게 그 말을 온몸으로 실감하게 해준 1년이었습니다.

멍하게 있는 시간이 싫어서 이것저것 일거리도 더 늘렸더니
수입도 많이 늘었고 좋은 사람들도 많이 만났습니다.
그 사람들이 다리가 되어 더 큰 일을 얻게 되고.
요즘은 소개팅하란 얘기도 종종 들어오네요.
시간이 약이라는 말, 그런 말은 대체 누가 맨 처음 만들어낸 걸까요?
정말 비타민보다 비싼 영양제보다 내겐 '시간'이 더 좋은 약이었습니다.

나를 아프게 차버리고 떠난 그 사람에게 고맙다는 생각마저 듭니다.
그때 그렇게 나를 떠나지 않았다면 나는 더 건강해지지도 않았을 것이고,
일어 공부는 시작도 안 했을 것이며,
일로도 이만큼 발전하지 못했을 겁니다.
그 사람의 전화를 기다리고 만나기 위해 치장하고,
그 사람과 그렇고 그런 시간을 보내는 데
온 정신이 팔려 1년을 보냈을 것이 뻔합니다.
아픈 이별은 내게 나를 더 아끼는 법을 가르쳐줬습니다.
지금이라면 사랑도 더 자신 있게 시작할 수 있을 것 같습니다.
또 헤어진다고 해도 별로 무섭지 않아요.
요리를 배우거나 테니스를 배우죠 뭐.
시련을 딛고 일어나 한 발 더 멋있게 성장하는 법.
교과서에나 나올 만한 그 얘기가
내 인생에도 얼마든지 적용될 수 있다는 것을 확실히 알게 됐습니다.

'당신이 바람피운 덕분에 헤어질 수 있었고.
그것 밖에 안 되는 남자한테 매달리는 것보다
더 좋은 인생이 있다는 걸 알게 됐어.
고맙다 진심으로.'

만난 지 얼마 안 된 남과 여가 마주 앉아 있을 때,
먼저 침묵을 깨는 쪽이 좀 더 호감이 있는 것이라는
글을 읽은 적이 있습니다.
침묵이 흘러도 별로 불편하지도 않고 신경 쓰이지 않는다면,
내가 그 사람에게 그만큼 각별한 관심이 없다는 뜻이고,
어색한 침묵에 상대가 불편하지 않을까
이것저것 계속 물어보고 떠들게 된다면,
내 쪽이 그쪽보다 좀 더 관심이 깊다는 뜻이라는 말입니다.
나름대로 일리가 있는 분석이라고 생각했습니다.
지금 그 사람과 나 사이에 흐르는 공기 침묵을 못 참는 쪽은
안타깝게도 내 쪽이에요.
우리는 아직 침묵마저 편안할 만큼 가까운 사이는 아니거든요.
밥을 먹으면서도 반찬으로 나온 오징어 젓갈을 보면서,

"나는 젓갈을 좋아한다. 특히 명란이 정말 좋다.
 명란만 있으면 밥 두 공기는 그냥 뚝딱 비울 수 있다."

뭐 이런 별것 아닌 얘기들을 계속했습니다.
그랬더니 그 사람,

"명란 맛있죠."

고작 이 한마디만 하고는 또 묵묵히 내 얘기를 듣기만 합니다.
남산을 드라이브하면서도,

"남산 케이블카를 딱 한 번 타봤는데, 생각보다 시시했어요.
 동네 마을버스 탄 것 같고 거리도 너무 짧아서 실망했어요."

또 주절주절 혼자 떠들었어요.
씩 웃어주는 건 잘하는데, 말은 참 없네요.
누구는 뭐 태어날 때부터 수다쟁이였던 것도 아닌데
어쩌다 침묵의 주도권이 저쪽으로 넘어가 버린 겁니다.

솔직히 말하면 나는 그 사람이 꽤 마음에 들어요.
그렇지 않았다면 애써 이런저런 화제를 떠올리며
분위기를 부드럽게 해보려고 굳이 노력하지 않았을 거예요.
그 사람은 나한테 궁금한 게 별로 없는 걸까요?
내가 뭘 좋아하고 뭘 싫어하는지 우리가 만나기 전의 나는
어떤 모습으로 살아왔었는지 왜 적극적으로 물어봐 주지 않는 걸까요?
해주고 싶은 얘기도 많고 듣고 싶은 얘기도 참 많은데,
계속 나를 보며 웃기만 하는 그 사람의 미소가
나를 자꾸 혼란스럽게 만듭니다.

'좋지 않으면 헷갈리게 자꾸 웃지 마세요.
당신도 좋은 거라면, 내 자존심 상하지 않게
한 발만 먼저 다가와 주면 안 될까요?'

마지막으로 누군가를 짝사랑했던 게 언제였는지

기억을 떠올려 봤습니다.

언제였지? 언제였더라? 얼마나 오래됐는지 잘 떠오르지도 않습니다.

한 5, 6년 전쯤?

대학 다닐 때 선배를 짝사랑했던 게 마지막인 거 같아요.

이루어지진 않았지만, 그래도 지금 생각해보면

그때가 행복했다는 생각이 듭니다.

민망하고 서툰 행동도 많이 했지만, 그때는 참 순수했습니다.

매점에서도 강의실에서도 두리번거리며 선배 모습을 먼저 찾았어요.

저 멀리 선배가 보인다 싶으면

일부러 갔던 길을 되돌아 걸으며 나를 발견해주길 기다렸고,

학교 앞 카페나 식당에선 늘 창이 내다보이는 자리에 앉았어요.

선배가 보이면 언제든 달려나가

우연히 마주치는 시나리오를 준비하기 위해서였죠.

온 안테나가 그 사람을 향해 있는 긴장감에 학교 가는 게 즐거웠습니다.

짝사랑은 짝사랑 자체일 때가 더 좋은 경우도 있습니다.

내 쪽에서 먼저 고백하거나, 상대가 눈치채고 의식하기 시작하면

이상한 분위기로 변하기 쉽거든요.

'쟤는 나 좋아하는 애지.'

이렇게 나를 쉽게 보는 것 같은 생각도 들었습니다.
상대도 나를 좋아하기 시작하면 혼자만 잡고 있던
팽팽한 끈이 갑자기 느슨해지면서 감정 자체가 시들해지기도 했습니다.
짝사랑은 짝사랑 자체로의 맛이 있었어요.
솔직히 그 이후로 짝사랑한 적이 한 번도 없는 건 아닙니다.
문제는 그런 마음을 쭉 붙잡고 발전시키느냐,
그냥 그러다 마느냐였습니다.
점점 그러다 말게 됐어요.
이미 나는 너무 생각이 많아져서
오르지 못할 나무는 쳐다보다 말게 됐고,
내 마음 축나는 것이 두려워 먼저 다가가는 건
더욱 하지 않는 사람이 되었습니다.

다시 짝사랑하고 싶습니다.
아무도 사랑하지 않는 지금보다 훨씬 좋은 게 많았어요.
바라는 것 없이 그냥 아침에 일어나는 것이 좋았고,
빨리 내일이 기다려지던 그때 그 따뜻했던 기분…
다시 느껴보고 싶습니다.

'누구 혹시 내가 맘에 들면
용기 내서 다가와 주세요.

짝사랑보다는 둘이 같이하는 게 더 아름답지 않겠어요?'

"어른들의 장래 희망은 연애다."
어느 드라마의 명대사였다.

사람들은 외로워서 연애를 꿈꾸고
이별의 아픔이 너무 커서, 빨리 또 사랑에 빠지고 싶어 하고,
다음에는 좀 더 잘할 수 있을 것 같아서 새로운 만남을 기다린다.

이 책의 어느 구절이
지금 막 이별을 한 사람에게는
'맞아 나도 이랬었는데… 나도 이렇게 하지 못한 말이 많았는데…'
따뜻한 공감과 작은 위로로 가 닿을 수 있기를.

지금 막 새로운 사랑을 시작한 사람에게는
친한 언니가 소주 한잔 따라주며 들려주는 조언처럼
조용히 스며들어서 후회의 무게를 줄여나갈 수 있게 되기를.

연애라는 장래 희망을 가슴에 품은 모든 이가,
다음에는 좀 더 나은 연애를 할 수 있게 되기를…
진심으로 응원하고 싶다.

- 2018. 가을

언제부터 사랑이었는지

1판 1쇄 인쇄   2018년 10월 17일
1판 1쇄 발행   2018년 10월 29일

지은이   김종선
펴낸이   김봉기

출판총괄   임형준
기획편집   김정혜
디자인   ㈜꽃피는봄이오면
마케팅   정상원, 이정훈, 김재실, 한세진

펴낸곳   FIKA [피카]
주소   서울시 강남구 논현로 622. 4층
전화   02-6203-0552
팩스   02-6203-0551
이메일   fika@fikabook.io
출판등록일   2018년 7월 6일 (제 2018-000216호)

ISBN   979-11-964403-3-6   03810

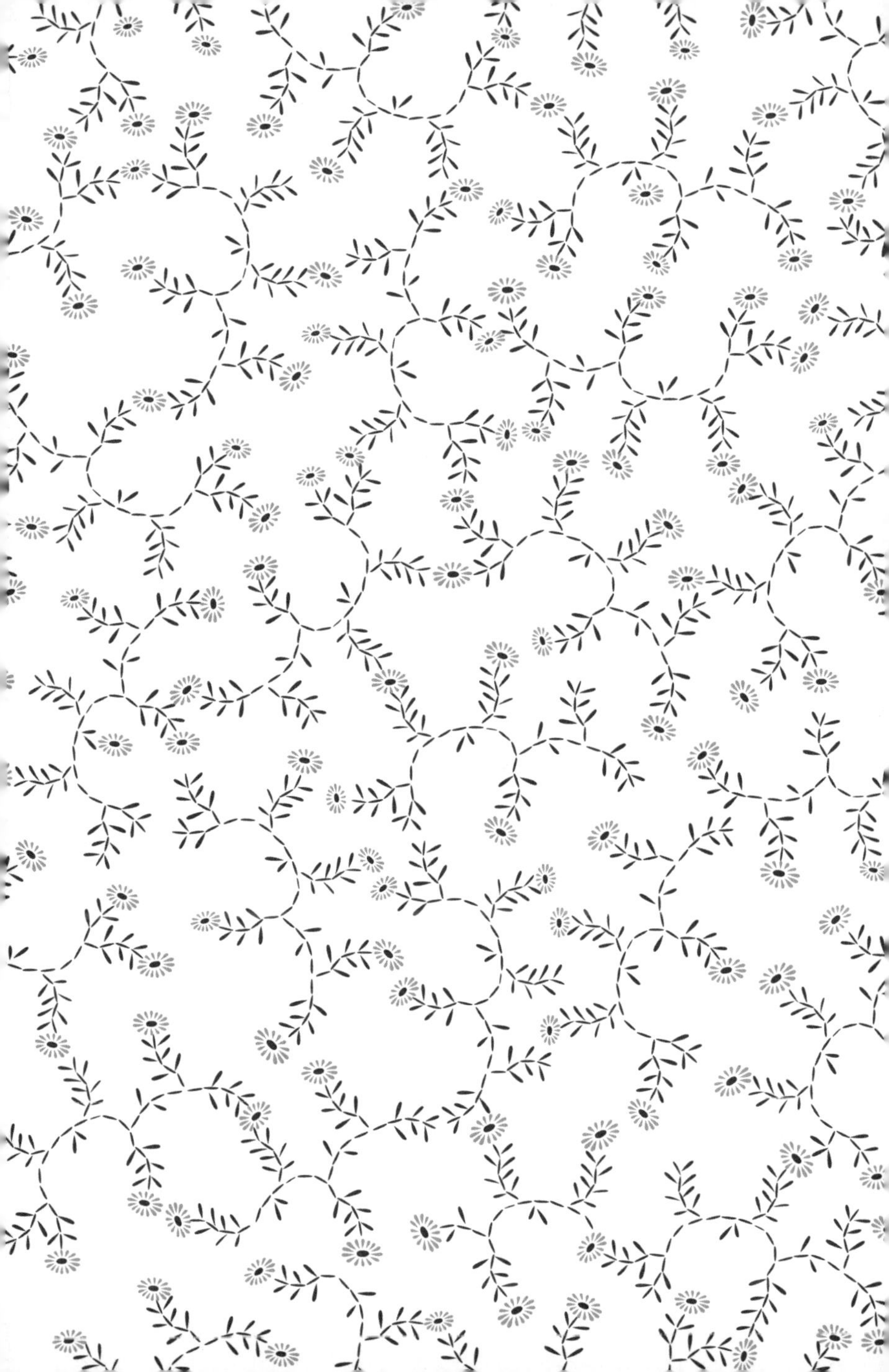

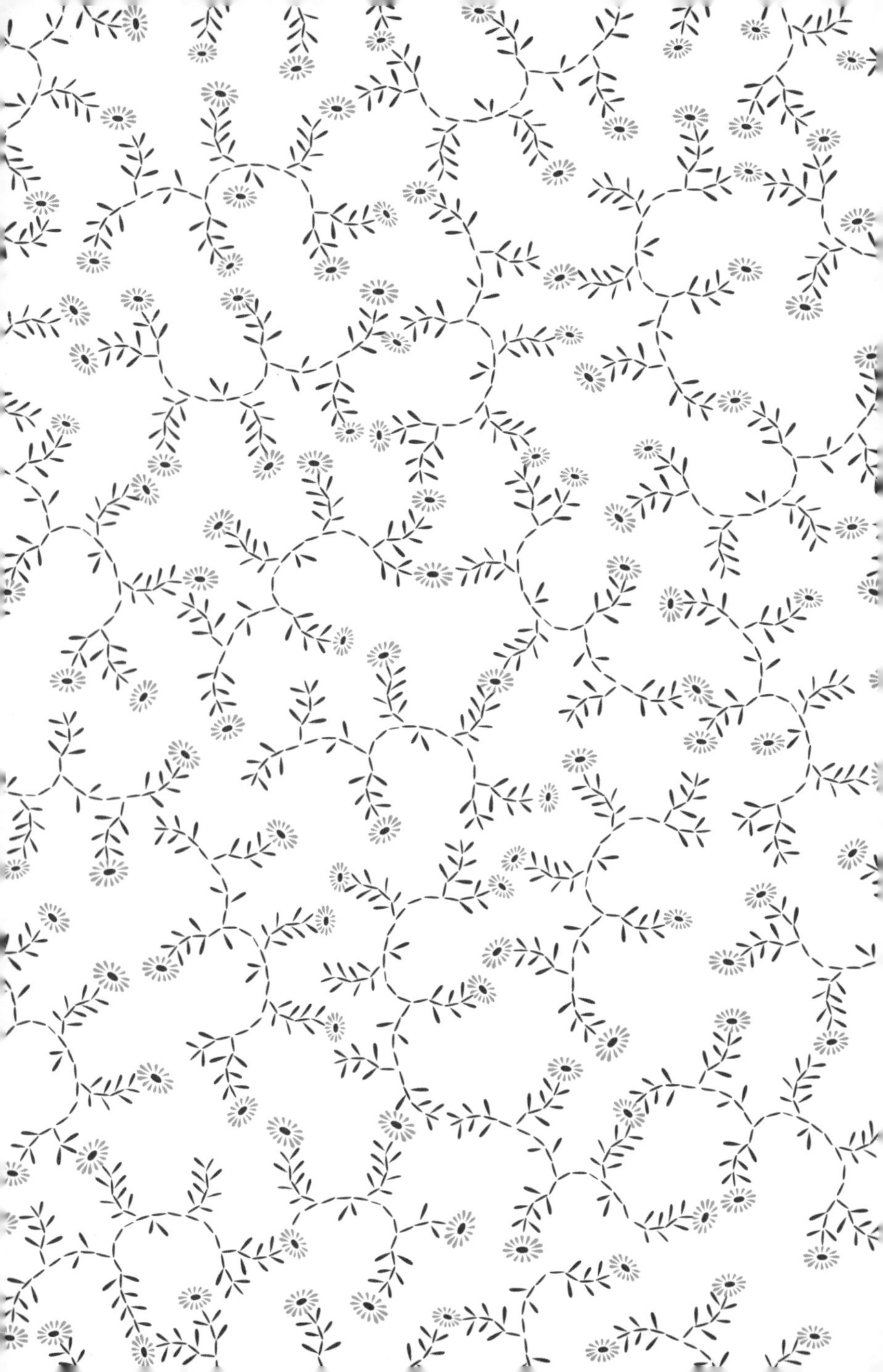